ベリーズ文庫

ポンコツ令嬢に転生したら、
もふもふから王子のメシウマ嫁に任命されました

江本マシメサ

STARTS
スターツ出版株式会社

目次

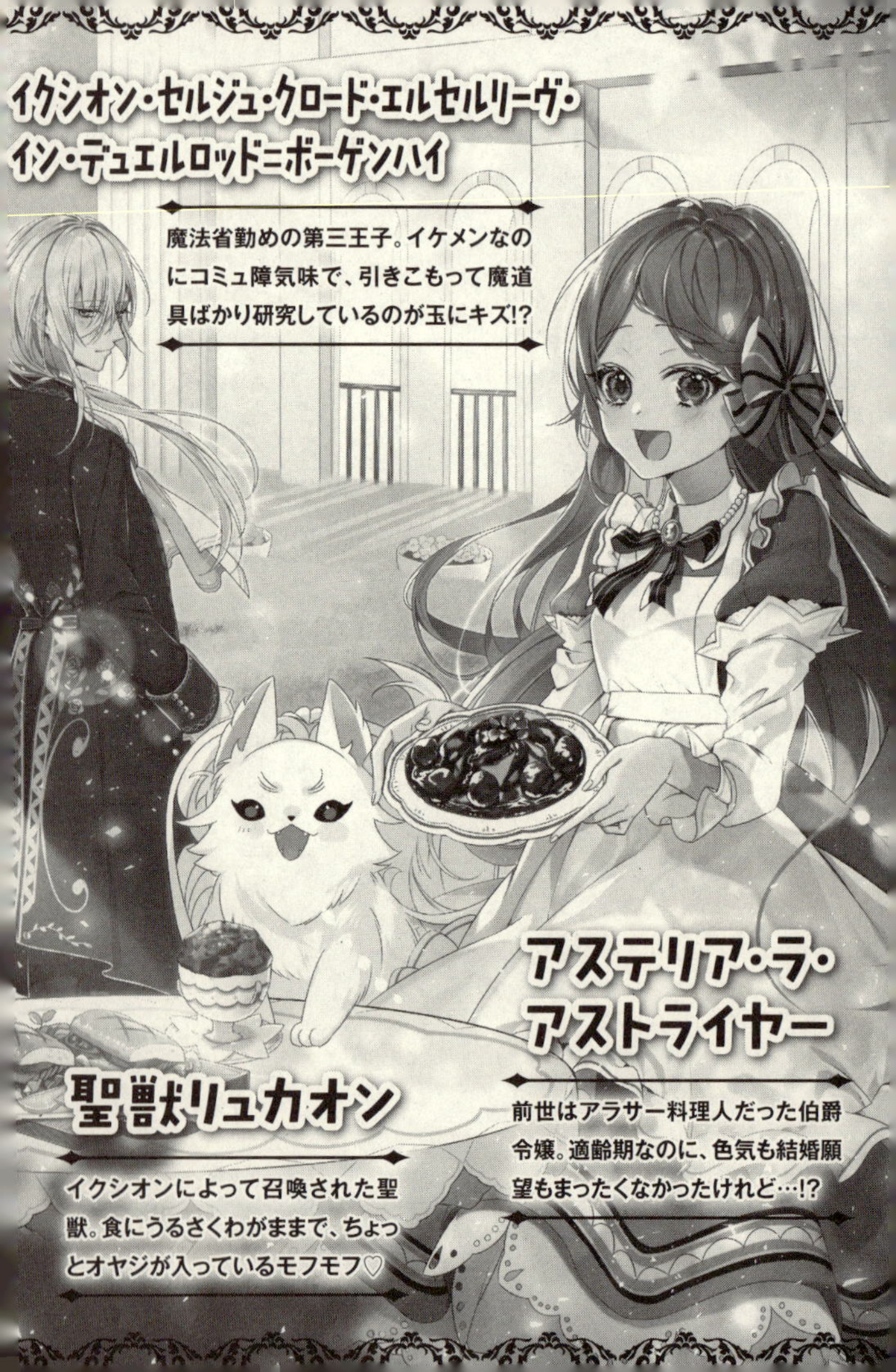
イクシオン・セルジュ・クロード・エルセルリーヴ・
イン・デュエルロッド＝ボーゲンハイ
魔法省勤めの第三王子。イケメンなのにコミュ障気味で、引きこもって魔道具ばかり研究しているのが玉にキズ!?
アステリア・ラ・
アストライヤー
前世はアラサー料理人だった伯爵令嬢。適齢期なのに、色気も結婚願望もまったくなかったけれど…!?
聖獣リュカオン
イクシオンによって召喚された聖獣。食にうるさくわがままで、ちょっとオヤジが入っているモフモフ♡

ポンコツ令嬢に転生したらもふもふから王子のメシウマ嫁に任命されました

Ponkotsu reijou ni tensei shitara mofumofu kara ouji no meshiuma yome ni ninmei saremashita

CHARACTER INTRODUCTION

エレクトラ・ラ・ハルピュイア

公爵令嬢。いつも取り巻きの令嬢たちに囲まれている、社交界の中心的存在。案外、肉食獣で…!?

カイロス・ボーゲンハイ

町でキャラクターグッズが売られるほど大人気の、イケメン王太子。温和で優しい性格。

大精霊メルヴ=メディシナル・インフィニティ

マンドラゴラ似の葉っぱ精霊。イクシオンやアステリアのお手伝いをしてくれる頼もしい存在。

ポンコツ令嬢に転生したら、
もふもふから王子のメシウマ嫁に任命されました

プロローグ　前世で料理人だった私

平々凡々な家庭に生まれ育った私は、容姿や学力など際だって秀でているところはなく、極めて人並みな人生を送っていた。

両親が共働きだったからか、小学生のときから家事はお手のもの。特に、料理の腕には自信があった。

料理が好きというよりは、夕食の準備をしたら両親が喜び、笑顔で食べてくれることが嬉《うれ》しかったのかもしれない。

そんな私は料理学校を卒業し、下町の小さなレストランに就職した。

そこは家族との思い出のレストランで、温かい雰囲気とおいしい料理が自慢の店だった。

レストランに行けるのは、給料日や誕生日などの特別な日だけ。毎回、私は楽しみにしていた。

ふわふわ卵のオムライス、とろとろになるまで煮込んだ牛すじ入りのカレー、肉汁があふれるハンバーグなど。

レストランを訪れる人々は皆、笑顔だった。思わず微笑んでしまうくらい、どの料理も絶品だから。

私も、家族以外の人を笑顔にしたい。そんな志を胸に、料理人の道を歩み始めた。

思い出のレストランに就職できたのは、奇跡だろう。

料理人として始まった人生は、楽しいことばかりではなかった。

創業百年と歴史あるレストランは小規模ながら伝統があり、秘伝のレシピに従って仕込みから調理法まで行うという厳しい決まりが定められていた。

一年目は調理器具になんか触らせてもらえない。ひたすら皿洗いとサービス係としてお客さんに料理を運ぶ業務ばかり。

そこで私は、お客さんがどれほどの期待を持って、レストランにやって来ているのか目《ま》の当たりにする。

厨房に立てるようになったのは二年目から。その後、三年目、四年目と、どんどんできる工程が多くなった。

ほとんどの料理が作れるようになったのは、就職して十五年目くらい。

厨房の一角を任された十六年目に、衝撃的な事件が起きる。

総料理長であり、オーナーである人が、亡くなってしまった。

心筋梗塞だったらしい。オーナーは数十年、夜遅くまでソース作りをこなしてから朝方に帰り、数時間眠ったあと出勤するという生活を繰り返していた。

ソース作りはコックが代わる代わる行うよう意見もした。しかし「秘伝のソースは誰にも教えられない」と、意見をはね除けていたのだ。

オーナーから私に、一通の遺書が遺されていた。それは、秘伝のソースのレシピだった。誰にも教えることはできないと言っていたが、私には伝授してくれた。

暗に、店は任せたとメッセージを遺してくれているような気がして、胸が熱くなる。

そこから、オーナーの息子が経営を引き継ぐこととなった。

その頃の私は、独立もチラリと考えていたが、秘伝のソースは私しか作れなくなってしまったので退職もできず……。

新しいオーナーは経理部で働いていた、元会社員。料理のノウハウはからっきしだった。

ソースの意味、飾り付けの美しさなど、料理に必要な付加価値をわかっておらず、人件費や食材の原価をかけすぎだと指摘し、材料費の削減に従業員の解雇、契約農家の解除を勝手に決定してしまう。

こんな店ではやっていられないと、総料理長候補だった三十年選手のスーシェフが辞めたのは痛手だった。一気に、厨房のバランスは崩れてしまう。

これらは店の内事情で、お客さんはレストランの料理を楽しむために来店している。

いつも通り笑顔で、おいしい料理を提供しなければならない。

一日十八時間ほど、ほぼ毎日フライパンを振り続けた私は――自分でも驚くほど、あっさり過労死した。

第一話　空腹男子に『ふわふわチーズ・オムライス』

死因――過労死。

無茶が原因で死んだ私は、魔法が存在する異世界に転生した。

前世は平々凡々の家庭で生まれ育ったが、今世は毎日ドレスで暮らす貴族の家庭だった。

透けるような白い肌に、アーモンド型の目はウサギのような赤い瞳。アストライヤー家の者に遺伝するコーラルピンクの波打った髪は艶やかで、手足はすらりと長い。

私は前世の地味な面影なんて欠片も見つからない、美少女に生まれ変わっていた。

名を、アステリア・ラ・アストライヤーという。

歴史だけは無駄に長く、無駄に裕福な、アストライヤー伯爵家の三女として生を受ける。金がありあまっているからか、両親は夜な夜なパーティーを開いたり、商人を招いて買い物三昧していたりという、贅沢な暮らしをしていた。

まるで、没落への道が決まっているような暮らしぶりであったが、それを十何年と続けてもアストライヤー伯爵家は傾くことはなかった。

というのも、アストライヤー伯爵家の領地は山岳地帯にあり、そのほとんどが鉱山。金銀財宝がザックザックと採れるので、金の心配は無用なのだ。

そんなアストライヤー伯爵家の一員として生まれた私には、目が『金《カネ》』になった求婚者が大勢押しかけてくる。

求婚を軒並みザックザックと断っていた十六歳の冬に――父から一通の手紙を手渡された。

それは、国王主催の舞踏会の招待状だったのだ。

「うげっ！」

「うげっとはなんだ、うげっとは！」

恰幅がよく、トランプのキングの絵柄に似た父は憤る。

「だって、国中から大勢の貴族が集まる催しでしょう？　私が行っても、浮くに決まっているじゃない」

私の言葉に、溜息を返したのは、トランプのクイーンの絵柄に似た母。

「上ふたりは実にアストライヤー家の令嬢らしい娘に育ったのに、お前はどうしてそう、変わっているのかしら？」

アストライヤー家らしいというのは、浪費家で派手好き、交友関係が無駄に広いということ。

前世で庶民的な家庭に生まれた私は、節約家で慎ましく、交友関係は最低限、という環境を好む。

贅沢三昧をし、常に人に囲まれている家族に合わせようとせず、自由気ままに暮らしていた。

イヤなことはイヤと言い、したくないことはしなかった。それが許される環境だったからだ。

前世では、イヤなことはイヤと言えず、したくないのに自分がしないとどうにもならないと思い込んでいた。その結果、過労死してしまったのだ。

死んでから、気づいた。私を守れるのは、私自身しかいないという事実に。

だから今世では幸せになるため、周囲に嫌われてもいいから、私の中にある尊厳を守ることにしたのだ。

自由に生きた結果、両親から呆《あき》れられ、ふたりの姉からは虫を見るような目を向けられることもある。

そんなの、過労死するような状況よりマシだし、大して気にしていない。

料理に関しては、今世では不要の産物だろう。なんせ、実家には料理人がいる。絶品とは言わないが、そこそこおいしい。

家族のために料理を、なんて一度も思わなかった。作ったとしても、なぜ料理人の仕事を奪うのかと、怒られることは目に見えていたからだ。

「アステリア、聞いているのか？」

「あ、ごめんなさい。まったく聞いていなかったわ」

「お前という奴は‼」

父は怒り、母は溜息をつく。いつもの光景だった。

生まれ変わった私は、のらり、くらりと生きている。悪口ばかりの茶会には参加せず、ダンスのレッスンはサボり、夜会には姿を現さない。

そんな貴族令嬢として突飛な行動を繰り返していた私は、アストライヤー伯爵家の『ポンコツ令嬢』として、名を馳《は》せている。

それでもいい。私は、私を裏切ることをしていないのだから。

＊＊＊

一週間後――私は王都へ向かう馬車の中に腰掛けていた。

ガタゴトと進む馬車の座席に腰掛けていると、市場に売られていくような仔牛の気分になる。

せっかくなので、牛の気分になって現状の嘆きを表現してみた。

「もー！」

「アステリア、怒らないの」

嗜《たしな》めるのは、従姉《いとこ》でひとつ年上のエリス。急遽《きゅうきょ》、私の王都デビューに付き添う人として選ばれた、哀れな娘だ。

とは言っても、彼女もアストライヤー家の血が流れている。思いがけず社交界デビューができるので、ウキウキソワソワを隠しきれていない。

「ねえ、アステリア。あなたは、どうしてそんなに憂鬱《ゆううつ》そうなの？」

「だって、私、いかにもアストライヤー家って感じの見た目だし、恥ずかしいわ」

「あら、そのコーラルピンクの髪、素敵じゃない」

エリスは金髪に澄んだ青い目の持ち主である。顔立ちは可愛い系で、羨ましくなる。

私はド派手なピンクの髪に、赤い目を持ち、加えてつり上がった目はキツそうに見えるのだ。見た目だけで、大変な威圧感がある。

さらに、本日まとっている目が痛くなるような黄色いドレスも、ゴージャスすぎて落ちつかない。

「何はともあれ、この髪がイヤなのよ。ひと目で、アストライヤー家って分かる、この髪が」

金持ちアピールが半端ないアストライヤー家の社交界での評判は、あまりよくない。彼らは悪びれもせず、金を持っているとひけらかしているから。

一応、かなりの額を慈善活動に費やしているが、貧しい者に施しをすることは恥ずかしいと思っているようで、ほとんど表沙汰になっていない。

おいおい、父よ、主張するのは逆だよ、逆、と言いたい。まあ、聞かないだろうけれど。

「それに、アストライヤー家の者ってだけで、誘拐に遭うし！」

一番上の姉は三回、二番目の姉は五回、私は十七回と、何度も何度も誘拐された。

両親はあっさり身の代金を払うので、余計に誘拐されてしまうのだろう。

あまりにも誘拐されるので、ふたりの姉には金ぴかな鎧《よろい》がトレードマークの私設騎士隊が護衛に付いている。私は金ぴか鎧の騎士なんて超絶恥ずかしいので、絶対に付けないでくれと断った。おかげさまで、姉妹の中でもぶっちぎりに誘拐されているわけだけれど。

護身術を習ったが、武術の才能はからっきし。魔法も囓《かじ》ってみたが、雇った魔法使いから「向いていない」と言われてしまう。

最終的に、誘拐されても父が必ず助けてくれると、開き直るしかなかった。

まあ、実際助けてくれるわけだし、隠密《おんみつ》と呼ばれる目には見えない護衛を付けているので、以前よりは誘拐されることもなくなった。

そんな私が、生まれ育った領地を飛びだし、初めて王都へ向かう。

わくわく、ドキドキという感情はなく、ひたすら面倒だと思うばかりだ。

「アステリア、あなたも変わっているわね。王都の夜会にイヤイヤ参加するなんて」

「誰もが憧れると、勘違いしてもらっては困るわ」

アストライヤー伯爵家の領地は国境近くにあり、その地を守るよう国王に命じられている。山脈を越えた先は、隣国なのだ。

ゆえに、アストライヤー家の者たちは滅多に領地を離れない。結婚相手も、領地まではるばる求婚にやって来た者の中から選ぶのだ。

私みたいに、求婚者をもれなく全員一刀両断する娘は歴史上初めてだという。

そんな訳で、父から「結婚相手は王都で見繕ってこい！」と言われてしまったのだけれど。

「アステリアは、どんな人だったら結婚したい？」

「うーん。わかんない」

物心ついたときから、アストライヤー伯爵家の財産目当てにありとあらゆるタイプの男性が大勢押しかけたものだから、いまいちピンとこないのだ。

「でも、何かあるでしょう？　優しかったり、真面目だったり、寛大だったり」

前世でも、何度かお付き合いしたが、仕事がもっとも大切で、デートの約束をしていたのに、急遽出勤してくれと頼まれたら彼氏よりも仕事を選んだ。「仕事と俺、どっちが大事なんだよ」と詰め寄られた日もあった気がする。私は迷わず、「仕事」と答えていたような……。あまりはっきりと覚えている訳ではないけれど。

結婚したら、家庭に縛られてしまう。子どもが生まれたら、これまでと同じように働けないことがわかりきっていたからだ。

前世の私にとって、料理人の仕事が恋人であり、人生の伴侶だったのだろう。そう言えば、しっくりくる。

そのおかげで見事に婚期を逃し、過労死してしまった訳だけれど。

「強いて言うなら、私の人生を邪魔しない人」

「空気みたいな人ってこと？」

「まー、突き詰めればそうかも」

「なんでまた、そんな人を？」

「私の人生は、私のものだから。絶対に、誰にも干渉なんてさせないわ」

はっきり宣言したものの、夢や目標がある訳ではない。

生まれ変わった十六年間、アストライヤー家の事情に振り回されっぱなしだった。

「私、王都で暮らしたいわ。家族のせいでいろんな事件に巻き込まれるのは、うんざりよ」

そう答えたら、エリスはポンと手を叩《たた》き、嬉しそうに言った。

「だったら、王都に領地を持つお方と結婚しないといけないわね」

「あのね、エリス。王都が領地って、王族しかいないじゃない。王族と結婚だなんて、ありえないから」

エリスは王族について、嬉々《きき》とした様子で語る。

一番人気は王太子カイロス、二十五歳。太陽のように朗らかな人物で、輝く美貌は貴族令嬢をメロメロにしているらしい。

二番人気は王弟ヘクトル、三十一歳。騎士隊を取りまとめる隊長で、筋骨隆々な身体つきが逞《たくま》しく、大変魅力的な人物だという。

三番人気は第二王子アイオーン、二十二歳。女性に見まがうほどの華やかな容貌で、神官として神殿勤めをしている。俗世には興味がないという敬虔《けいけん》な様子が逆に色っぽいと囁《ささや》かれているらしい。

エリスはカイロス殿下のファンで、先ほど土産屋でカイロス殿下の顔が描かれたマグカップを買ったようだ。嬉しそうに取り出して私の目の前に差し出してきた。少女漫画のヒーローのような、キラキラのイケメンだった。

「そうそう。最近は、第三王子イクシオン様も、人気が急上昇なのよ。魔法省にお勤めになっているのだけれど、今までほとんど公式の場にお顔を見せないから、どんなお方かわからなかったの。でも、聖獣召喚に成功されてから、ちらほら顔を見せるようになって。美貌の王族の一員だから、もちろんお美しくて」

「聖獣って？」

「アステリア、食いつくのはそっちなの？　っていうか、聖獣召喚のニュースを知らないって、どういうことなの？」

「聖獣召喚って、いつの話？」

「三日前よ」

「私、出発まで部屋に閉じ込められていたの。外の情報も、まったく入ってこなかったわ」

「アステリア、なんでそんな状況にいたの？」

「お父様に言われるがまま、王都に行くのがイヤだったから」

「あなたね」

「今、反抗期なのよ、私は」

脱走を三回ほどしたけれど、アストライヤー家の金ぴか騎士たちが部屋の周囲を四方八方塞いでいて、逃げることは不可能だった。

「で、聖獣召喚って？」

「ここ数年、各地でスタンピートが起こっているでしょう？」

スタンピート――それは、魔物の集団暴走だ。世界各国で発生し、対策に追われている。

「騎士隊は各地に遠征し、魔物との戦闘に明け暮れていたのだけれど、第三王子イクシオン殿下が聖獣の召喚に成功して、スタンピートが起こらないよう、奇跡の力を揮《ふる》ってくれたの。以降、スタンピートは収まったらしいわ」

「へー。そんなことがあったのね」

アストライヤー伯爵家の領地でも、半年前にスタンピートが発生した。

金ぴか騎士隊が半日で魔物を討伐していたので、さほど脅威ではないと思っていた。だが、世界的には十分な脅威だったようだ。

「金ぴか騎士隊って、有能だったのね」

「それはそうよ。世界各国から、優秀な騎士を引き抜いて結成したのだから」

「金に物を言わせて引き抜きをしたせいで、いろんな人から恨まれているって話しか耳にしていなかったわ」

金ぴか騎士隊の奮闘はさておいて。

スタンピートの騒ぎを一瞬にして収めたイクシオン殿下は、大英雄として国民から敬われているらしい。

舞踏会の開催期間中、聖獣お披露目の予定もあるという。

「聖獣は、それはそれは神々しい存在なんだそうよ」

「ふーん」

「アステリア、舞踏会の最中に聖獣の話を聞いたら、興味ある振りをしなきゃダメよ？」

「ごめん。あまり自信がない」

エリスに、一緒に行動したくないと言われてしまった。

さすが、人付き合いを重要視するアストライヤー家の者だ。外面を守るためだったら、身内すら捨てる。

一応、エリスを連れていくよう命じられていたが、付添人は現地で雇って別行動しようという話になった。

せっかくの機会なので、自由気ままに過ごしたい。エリスもいいアイデアだと同意してくれた。

三日間の移動期間を経て、王都に到着する。

周囲を城塞で囲まれた街は、外から眺めると物々しく見える。しかし、一歩中に入ったら、賑《にぎ》やかで華やかな大都市であった。

果てしなく続く石畳に、天まで届くのではと思えるほどの時計塔、活気ある市場など、四方八方、どこを見ても飽きることはない。

私たちがお世話になるのは、エリスの母方の実家だ。そこで一晩過ごし、翌日は舞踏会へ参加するという、なかなかのハードスケジュールだった。

エリスの母方の実家は、私を預かるにあたってアストライヤー伯爵家から世話賃を多くもらっているのだろう。その証拠にまるで姫君がやってきたような歓迎を受けた。

私と同じ年のひとり息子がいるようで、〝金〟の瞳をしながらアタックしてくるが、無視を決め込んだ。

翌日、ついに舞踏会当日となる。朝から身支度を調えることに時間を費やしてしまった。両親が持たせてくれたダイヤモンドのティアラとネックレス、イヤリングはすべて重たく、ギラギラしていて趣味がいいとは言えない。そのため、エリスの真珠のネックレスとイヤリングを交換した。私はシンプルな装いでいい。

そう思っていたが、両親が用意してくれたドレスは真っ赤なドレスで、スカートにダイヤモンドが星屑のようにちりばめられていた。どこからどう見ても、「私が主役！」と主張しているようなものだった。

勘弁してくれと叫びたかったが、私の体型に合わせて作られたドレスなので、これぱかりはエリスのものと交換できない。

私はしぶしぶと、派手なドレスで舞踏会に参加することとなった。

「アステリア、緊張するわね」

「そうねー」

「絶対緊張していないでしょう？」

「しているって。これでも」

アストライヤー家の者が来たと、非難めいた視線を受けるかもしれないとか、うっかり空気が読めなくて顰蹙《ひんしゅく》を買わないかとか、こんな私でも心配は多々あるのだ。

新しく雇った付添人は、エントランスで待ち合わせをするよう話をつけているらしい。うまい具合に合流できたらいいけれど。

そんなことを考えていたが、某有名テーマパークの新作アトラクションが始まる日のような入場列に並ぶ人々を見て、合流は無理だと悟った。

あまりにも、人が多い。こんな規模だなんて、想像もしていなかった。

人込みの中馬車を降り、三歩ほど進んだだけでエリスと離ればなれとなってしまった。まあ、帰る家は一緒だ。そのうち再会できるだろう。

私は受付の列に辛抱強く並び、二時間かかって中へと入れた。

エントランスもぎゅうぎゅうで、まともに身動きが取れない。いったい、付添人はどこにいるのか。困っていたら、声がかかる。

「あんた、あんた！」

「はい？」

「名前は？」

「アステリア・ラ・アストライヤーです。あ、もしかして、私の付添人ですか？」

「ん、まあ……そんなところだね」

　奇跡的に、付添人のご婦人と会うことができた。白髪頭のお婆ちゃんである。エリスの母親の知り合いで、今まで百組以上の縁談を結んだという凄腕《すごうで》付添人らしい。

「では、お嬢様。まずは、三番目の孫から、紹介を――ううっ！」

「え、お婆ちゃん、どうしたの？」

「コ、コルセットを、締めすぎた、み、みたいで」

「た、大変！」

　私はお婆ちゃんをおんぶして、救護室に運んだ。カーテンで仕切られた部屋に、寝台が並べられている。

「すみません、急患なの！　少し、お婆ちゃんを休ませて！」

　すると、看護師らしき女性に、寝台はいっぱいだと言われてしまう。

「このお婆ちゃん、腰が悪いみたいで」

「ですが、ないものはなくて」

　奥にある寝台で、カーテン越しに男女の姿が浮かんでいるのに気づく。何やら、ひそひそと会話をしていた。

「ほら、コルセットをゆるめてあげるから」

「やだ、ダメ」

思わず、カーッ!と、甲高い声を出してしまった。男女の影はビクッと反応し、動かなくなる。

いちゃつくなら救護室ではなく、休憩室を使ってほしい。切実に。

遠慮なくカーテンを開くと、男女は衣服を整え、焦った様子でいた。

「はい、ふたりとも超元気。このお婆ちゃん、腰を痛めているの。退いていただけるわよね?」

「あ、はい」

「どうぞ」

言うことを聞かなかったら、胸元に忍ばせた金貨を手渡すつもりだったが、素直に聞いてくれてホッとする。

しかし、いつの間にか、アストライヤー的な金持ち思考で問題解決しそうになっていた。思わず嫌気が差してしまう。あの家で十六年暮らしていたからか、もしかしたら感染していたのかもしれない。恐ろしや、アストライヤー家の金持ち菌。

無理矢理男女を寝台から退かせ、シーツが汚れていないのを確認し、お婆ちゃんを寝かせた。カーテンを閉め、コルセットをゆるめてあげる。

「お婆ちゃん、ほら、コルセットの紐《ひも》をほどいてあげるから」

「やだ、ダメ」

何がダメなんだ。真顔で問いかける。

「コルセットを脱がすのは、そば付きの侍女か夫でなければならないんだよ」

「はいはーい、わかりましたー。でも今は適応外です」

そう宣言し、お婆ちゃんのコルセットの紐を問答無用でとく。若い娘が付けているような、骨組《ボーン》みで背筋がすっと伸びるように作られたコルセットを装着していた。紐をほどいてあげると、強《こわ》ばっていた表情は和らいでいく。

優しく布団をかけ、耳元で囁いた。

「ちょっと、ここで休んでいたらいいわ」

「で、でも」

「私は、その辺のサロンとか、適当にのぞいていくから」

サロンというのは、小さな社交場と表現すべきか。部屋を借りた者が主人となり、お茶やお菓子をふるまってもてなしてくれる。

サロンは事前招待制で、私にも先日ハルピュイア公爵家のご令嬢から「お暇でしたらどうぞ」というお誘いが届いていた。手紙に挟まれていた白鳥の羽が通行証となっている。

指定されていた場所に向かうと、すでに十数名の貴族令嬢が集まり談話していた。皆、半円状の長椅子に腰掛け、にこにこ笑顔を浮かべながら楽しそうに過ごしている。年頃の娘たちが集い、きゃっきゃと盛り上がっていた。転生し、小娘メンタルは持ち合わせない私は、絶対に話は合わないような気がした。だが、大広間でダンスに誘われるよりはマシだろう。

それに、この世界の貴族令嬢がどんなことに興味を持ち、どんなことを夢見ているのか、知りたいと思った。

加えて、結婚以外に何かできる仕事や活動があるのならば、詳しい話を聞きたい。

早速、中心でふんぞり返っているご令嬢が声をかけてきた。座っている位置や態度から、彼女がこのサロンの主なのかもしれない。

「あら、あなたは初めて見る顔ですわね。そのコーラルピンクの髪は、アストライヤー伯爵家のご令嬢かしら」

「ええ。どうもはじめまして。アステリア・ラ・アストライヤーと申します」

「わたくしは、エレクトラ・ラ・ハルピュイアですわ」

自信ありげな様子や佇《たたず》まいから、お山の大将感をビシバシと感じていた。やはり、彼女がこのサロンの主であり、ハルピュイア公爵家のご令嬢だったわけだ。

紫色の落ち着いた髪色に、挑戦的な黒い目を持つ整った顔立ちの美少女である。年頃は、同じかひとつ下くらいだろう。彼女もまた、私と同じ宝石がちりばめられた赤いドレスをまとっていた。

デザインが酷似しているのは、同一デザイナーが作ったものだからか。

そういえば、侍女が王都で大人気のデザイナーがどうこうと話していたような気がする。衣装被《かぶ》りは、微妙……いや、かなり気まずい。

「どうぞ、こちらへ」

「あ、ありがとう、ございます」

長椅子の端に腰掛け、会話に耳を傾ける。

「みなさま、イクシオン殿下の聖獣お披露目、楽しみですわね！」

イクシオン殿下が召喚したという聖獣のお披露目が、本日の舞踏会の一大イベントのようだ。

「イクシオン殿下は、あまりこういった場に顔をお出しにならないから、拝謁を心待ちにしていますわ」

取り巻きの令嬢たちは、エレクトラの言葉にコクコク頷いていた。

「今回の社交期で、王族の方々は一気に結婚を決められましたからね。何か、国王陛下から、お達しがでているのかもしれませんわ」

王族の独身男性陣は各々結婚適齢期である。選り好みしていないで、さっさと選べと言われていたのか。

「王太子カイロス殿下は、テティス国のセレネ姫と婚約が決まったようで」

「とても、お似合いでしたわ」

「将来は、安泰ですわね」

「あとは、イクシオン殿下だけですわ」

令嬢たちの目が、突然キラリと光った。肉食獣の目である。

王族唯一の、婚約者が決まっていないイクシオン殿下は、この肉食獣たちの恰好の獲物なのだろう。舌舐《な》めずりをしながら、登場を待っているに違いない。

「アストライヤー様は、イクシオン殿下についてどう思われていますか？」

「可哀想に……」

「え？」

「あ、か、カッコイイなーと！」

苦しい言い間違いであったが、皆、私の話なんて聞いていないのだろう。「そうですわね」と返してくれた。

シンと静まりかえったので、話題を振ってみた。

「あのー、みなさんは、将来の夢とか、ありますか？」

珍獣を見るような視線が集まった。なんだろう。血統書付きの猫の中に、小汚い野良猫が来てしまったみたいな、いたたまれなさは。心が折れそうになったが、情報収集のためだ。気づかない振りをして、小首を傾げる。

最初に答えてくれたのは、お山の大将こと、エレクトラだった。

「わたくしは、立派なお方と結婚し、家をもり立てること、ですわ」

つまらない回答だ。しかし、ほかのご令嬢も、コクコクと頷いている。

「あの、ご趣味は？」

なんだかお見合いおばさんの質問攻めみたいになっているが、思い切って問いかける。

「演劇鑑賞ですわ」

取り巻きのご令嬢も、口々に貴婦人の嗜《たしな》みを口にする。

ダンスにお茶会、カード、遊戯盤、愛玩動物の飼育、刺繍《ししゅう》と、実家の姉ふたりや母が好むような品のよい趣味を教えてくれた。

「アステリア様は、何を嗜んでいますの？」

特に何も。と言いかけたが、もしかしたら同志がいるかもしれない。

転生してからは一度もしていなかったが、料理と答えてみよう。

「私は、料理を」

「料理、ですって？」

「ええ、料理です」

英語のテキストにある「あなたはトムですか？」「はい、トムです」みたいなやりとりになったが、今はどうでもいい。

問題は、批判的な視線にさらされている現状だ。

「料理なんて、下々の者たちがすることでしてよ。どうして、そんなことをなさるの？」

「どうしてと言われましても」

「でも、料理って、家畜をさばいたり、手を血まみれにしたりするのでしょう？　汚らわしいわ」

エレクトラの言葉は痛烈だ。しかし、この反応は批難できない。貴族社会で、貴族の者が厨房に立つ行為はありえないのだから。

私がおかしなことを言っているのだと、理解している。

けれど、同時にがっかりしてしまった。生まれ変わったこの世界に、〝職に貴賤《きせん》なし〟という言葉はないようだ。

「アステリア嬢、そのドレス」

「ん？」

エレクトラはパッと扇を広げ、私のドレスを指し示す。

「あなたが着ていると、血のドレスみたいに見えますわね」

「どういう意味？」

「とても、お似合いだという意味ですわ」

喧嘩《けんか》を売っているのか。ジロリとにらんだが、エレクトラはひるまない。周囲から「きゃっ！」という悲鳴が上がるばかりだ。

「エレクトラ嬢、あなたも、お似合いよ。厚顔無恥って、そんな色をしているんじゃないかしら？」

またまた、「きゃー！」という悲鳴が響き渡る。ホラー映画ばりの、臨場感がでてきた。

エレクトラはやられてばかりではない。すぐに、言葉を返す。

「でも、似たような真っ赤なドレスを着ている者が、ふたりも存在したら個性を潰すように思ってしまいますわ」

遠回しに、ドレスを脱げというのか。残念ながら、代わりのドレスは持ってきていない。

エレクトラは扇で口元を隠しつつ、目元をすっと細める。取り巻きの令嬢は、怯える目を私に向けていた。

味方はひとりも見当たらない。はあーと溜息をつき、立ち上がった。

「私は、大広間には行かないから、安心して」

「どうして、行きませんの？」

「退屈だから」

そう宣言し、部屋から退室した。背後でエレクトラが何か叫んでいたけれど、耳に入っていなかった。

ずんずん歩き、庭に出た。外は真っ暗だが、魔石灯が庭を明るく照らしてくれている。ちょっと寒いけれど、ほかに行くところが思いつかないので仕方がない。

まさか、あんなにも早く敵対されるとは思っていなかった。まあ、ドレスを被らせてしまったのが悪いのだけれど。でも、他人のドレスなんて、知る訳がない。

もしかしたら、サロンで次回着るドレスの相談をするのかもしれないが。

新参者には、つらいルールである。

それにしても、貴族令嬢とやらはなんて夢を見られない立場なのか。

素敵な人と結婚して、家をもり立てるのが目標？

冗談じゃない。

一度死んで、せっかく生まれ変わったのに、貴族令嬢の型に当てはめられるなんてごめんだ。

なんだったら、バリバリ働ける労働階級に生まれたかった。

いや、労働階級だったら過労死再び、な感じもするけれど。

これは、神様がくれたチャンスなのかもしれない。アストライヤー家に生まれた私にしかできないものを、探し出すようにという。

裕福なアストライヤー家に転生したことも、何か理由があるのだろう。

ああ見えて、慈善活動には積極的だから、孤児のための「こども食堂」を開いたり、恵まれない者たちを働かせる食堂を作ったりするとか。それとも、スタンピートの対策に向かう騎士に食事を提供するため、遠征に同行するとか。

それにしても、エレクトラの喧嘩を買ってしまったのは失敗だったかもしれない。

実家に抗議のひとつやふたつ、届くだろう。

まあ、父は領地にある山よりも自尊心が高い男なので、謝罪なんてしないだろうけれど。

アストライヤー家の血なのか、売られた喧嘩を買う以外の選択がなかったのだ。

恐ろしい血である。

それにしても、エレクトラとの言い合いを思い出したら、頭に血が上ってしまった。

私たちは生きとし生けるものを食べ、生きている。それなのに、調理する料理人を汚らわしいと言うなんて。

迷路のような庭を歩き、気を紛らわせる。冷たい空気が、カッカしていた身体を冷やしてくれるような気がした。もう少し時間が経ったら、戻らなければ。一回だけ大広間に顔を出して、適当に徘徊《はいかい》して、お婆ちゃんの容態を確認して帰ろう。

そんなことを考えていたら、人の話し声が聞こえた。

「ねえ、もっと……！」

魔石灯の灯りに照らされ、男女の姿が影となって見えた。

またか、と思う。さっきのカップルとは、違うようだ。

以前、聞いたことがある。こういった催しは、不品行の温床と化していると。

男女の影は重なる。これがドラマだったら、さぞかしロマンティックな場面だろう。

しかし、これは現実。三次元だ。こうして、人から隠れるような場所でキスをする関係など、まともなものではない。

かなり盛り上がっているようで、濃密に絡んでいるように見えた。

こんなところでいちゃついている、常識外れの男女をのぞき込む。

片方は、三十前後の女性だ。やたらと色気のある人妻、という雰囲気である。

もうひとりは——先ほどエリスが見せてくれた姿絵と一致する。

なんと、王太子カイロスだった。

悲鳴を上げそうになった口元を、サッと両手で塞ぐ。ガサリと、苗木の葉が音を鳴らしてしまった。

「誰だ‼」

カイロス殿下の鋭い叫びが聞こえた。同時に、私は走る。

「待て‼　おい、追え‼」

なんと、カイロス殿下は護衛を伴って、色っぽい人妻と密会していた。

さすが、王太子だ。抜かりない。

女性が誰か知らないが、なんとたいそうな相手と逢瀬を交わしているのだろう。

こんなところで逢わずに、もっと人が立ち入れない場所に連れ込めばいいのに。

いや、人が自由に出入りできる場所だからこそ、あのように盛り上がっていたのか。

なるほど、そういうプレイだったわけだ。

それにしても、カイロス殿下はテティス国のセレネ姫と婚約が決まったという噂を耳にしたが、中庭なんかでいちゃついていて許されるものなのか。

「待てー‼」

絶対に待てない。捕まったら、お咎《とが》めだけでは済まないだろう。

今日の私はすでに、公爵令嬢エレクトラと問題を起こしている前科一犯状態なのだ。

カイロス殿下とどこぞの人妻の逢瀬を目撃してしまった罪（？）は、さすがの父も庇《かば》えないだろう。

全力で、庭を駆け巡る。途中で踵《きびす》の高い靴を池に投げ込んだ。これで、証拠隠滅である。

こうなったら、どこまでも逃げてやる。そんな心意気で、走って、走って、走った。

体力に自信はあったが、普段から体を鍛えている騎士に勝てる訳がなかった。息が切れ、自慢の脚も悲鳴を上げている。そろそろ、どこかに隠れなければ。

途中、庭師が道具を入れて運ぶ荷車を発見した。上に、小汚い布がかけてある。急いで、その中に乗り、上から小汚い布を被った。

「どこに行った！　探せー！」

数名の騎士が通り過ぎる。どこかで合流したのだろう。

バクバクと鳴る心臓の音が、外まで響いているかと思うほどだった。

騎士たちの声が遠くなる。ホッとしたのもつかの間のこと。荷車が突然動いたのだ。

ぎゃっ！という悲鳴を、寸前で呑《の》み込んだ。

少しだけ布を上げて外をのぞき込んだら、おじいちゃんらしき背中が見えた。どうやら、庭師が荷車を動かし始めたようだ。

こんな夜遅くにまで仕事をしているなんて。ご苦労様としか言いようがない。

「おい‼」

騎士が庭師に話しかける。慌てて布を下ろし、息をひそめた。

「この辺で、赤いドレスをまとった娘を見なかったか⁉」

「いいえ、見かけておりませんが」

「そうか。見かけたら、教えてくれ」

「承知いたしました」

再び、荷車は動き出す。どうやら、ここに潜伏し続けるしか逃げ切る術はないようだ。

荷車はすぐに停車すると思っていたが、一時間も止まらずに進んでいく。

ゆったりまったり動くので、眠気を誘ってしまう。

うつらうつらと寝かかった瞬間、荷車の動きは止まった。ここは、庭師の家なのか。それとも、物置小屋なのか。庭師に見つかるのを恐れたが、荷台に触れずにいなくなった。

足音が聞こえなくなったことを確認すると、ふーと息をはく。なんとか助かった。

小汚い布を剥ぎ、外に出る。そこは、物置小屋のようだった。

「うげっ、靴……」

騎士から逃げるのに必死で、途中で靴を池に投げ捨ててしまった。なぜ、あんなことをしたのか。こういう考えなしに直感で行動するところが、領地で『ポンコツ令嬢』と呼ばれる所以《ゆえん》なのだろう。

人生二回目でも、根っこの部分はたぶん変わらないのだ。

しかし、靴を履いたままだったら、すぐにお縄についていた。あのときの判断は、あながち間違いではなかったと思っている。

怪我はない。逃げ切れた。いいことずくめだ。

侍女が用意してくれていたストッキングはかなり頑丈で、どこも破れていない。生地が裂けていたら、怪我をしていただろう。

裸足のまま帰りたくないが、仕方がない。頑丈なストッキングが、家まで耐えてくれることに期待するしかなかった。

そっと、物置の外に出てみる。

魔石灯の灯りが点された王宮の庭とは違い、薄暗かった。

すぐ近くに、庭師の休憩所のような小屋がある。中は暗いが、テーブルと椅子があることは確認できた。幸い、人の気配もない。ここで一晩潜伏し、明るくなってから帰ったほうがいいのか。

……いや、犯罪者じゃあるまいし。

朝帰りなんてしたら、大問題になるだろう。それに、庭師が戻ってこないともいえないのだ。危険な橋は渡らないほうがいいだろう。

周囲をキョロキョロと見渡す。近くにそびえ立つのは、立派な宮殿だ。ここは、王宮内のどこかなのか。四方八方、高い壁に囲まれていて、気軽に出入りできる場所に見えない。

警備している騎士の姿もないようだ。

雰囲気から推測すれば、ここはたぶん、個人が所有する宮殿なのだろう。

気づいた瞬間、ゾッと鳥肌が立つ。もしかして、脱出が困難な場所に潜り込んでしまったのか。

こうなったら、人を探して助けを請おう。庭師の荷車に乗ってきちゃったなどと、不審者でしかなかったが。まあ、酒を飲んで酔っ払っていたということにしたら問題は見当たらない。堂々とした足取りで、歩き始める。

出入り口らしき門は発見できたが、鍵がかかっていた。壁の高さは三メートルほどで、よじ登れるものではない。

踵を返し、別ルートを進む。庭はだだっ広いが、王宮の庭のように美しい花が咲き誇っているわけではない。たまに木々が植えられている以外、芝生が延々と続くばかりだ。

そんな中で、人の話し声を耳にする。

「どうか、頼む‼」

年若い男性の声が聞こえた。そろり、そろりと足音と気配を殺し、近づいてみる。

大きな木を陰に、人影をのぞき込んだ。

　金色の長い髪をベルベットのリボンで結んだ、上等な服を着ている男性が、なんと、驚いたことに土下座をしていたのだ。

「国の危機ゆえ、どうか‼」

　誰に何を頼んでいるのか。国の危機とはいったい……？

『そうは言っても、お腹が空いた状態では、守護もできぬ！』

　返すのは、幼い子どもの声だった。

　どういうことなのか？　身を乗り出したが、今いる角度からは土下座する青年しか見えない。

『そこにおるのは、誰だ‼』

「ひゃあ‼」

　弾かれたように、ひれ伏していた男が振り返る。

　年頃は二十歳前後か。絹のような金髪に、切れ長の目はエメラルドのごとく。博物館に保管・展示されている石膏《せっこう》像のような恐ろしく整った顔立ちの青年が、驚愕《きょうがく》の視線を私に向けていた。

「そなたは――誰だ？」

「と、通りすがりの、アストライヤー伯爵家の者ですぅ！」

こうなったら、すべての罪を父になすりつける。たぶん、自慢の金で解決してくれるだろう。あとは頼んだ、父上よ。そんな気持ちで、家名を名乗った。

「アストライヤー家？　あの、裕福な一家か」

「そうですぅ！」

さすが、アストライヤー家だ。彼らの金持ち伝説は、王都にまで轟《とどろ》いていた。

「なぜ、靴を履いていない？」

「……」

質問に対し、ぎゅっと唇を噛《か》みしめる。

王太子カイロス殿下と色っぽい人妻のいちゃいちゃをうっかり見てしまい、逃亡の途中で靴が邪魔になって池に投げ捨てたなどと、口が裂けても言えなかった。

「怪しい奴め」

「すみません」

否定できなかった。今の私は、全力で怪しいから。

「大精霊メルヴ＝メディシナル・インフィニティよ、引っ捕らえよ‼」

「うわー！」

周囲が光に包まれる。召喚の魔法陣が展開された。あまりの眩《まぶ》しさに、目を閉じる。

大精霊がどうたらと言っていた気がする。今から私は、捕らえられてしまうのだろう。一応、歯を食いしばっておく。

光が収まると、そっと瞼《まぶた》を開いた。

私の周囲四方に、精霊らしき生き物が四体いた。ゲームや漫画でよく見る、マンドラゴラに似ているといえばいいのか。

背丈は私のひざ丈よりも低い。二股に分かれた黄色い大根のような見た目に木の枝のような手を生やしていた。円《つぶ》らな目と、〝3〟みたいな口がなんともチャーミングである。

これが、大精霊メルヴ＝メディシナル・インフィニティ？

四体いるうちの一体と目が合うと、ピッと手を挙げた。

『メルヴダヨ！』

「ど、どうも」

大精霊メルヴとやらは、私の周囲を取り囲むだけで、攻撃や拘束する気配はない。

ちらりと、メルヴを召喚した青年のほうを見る。

腰に手を当て、満足げな表情を浮かべていた。捕らえろと命じたものの、縄で縛ったり、手足を拘束したりと、直接捕らえることはしないようだ。

「今から、尋問する！」

『それよりもお腹が空いた！』

そう叫んで跳びだしてきたのは、モコモコふわふわの、真っ白い子犬だった。

しゃべる子犬に驚愕したものの、次なるひと言にさらに驚いてしまう。

『娘よ。お主の記憶に、実においしそうな料理がある。我はそれを、食したい！』

「私の、記憶の中にある料理？」

『ああ、そうだ。ふわふわの黄色いものに、赤い穀物を包み、赤いソースをかけた料理があるだろう？』

「ふわふわの黄色いものに、赤い穀物、赤いソース……もしかして、オムライス？」

『〝おむらいす〟というのだな！　それを、作ってくれ』

驚いた。この子犬には、私の前世の記憶が〝視《み》えて〟いるようだ。

「と、突然、言われましても」

「そこの女、〝おむらいす〟とやらを、作れるのか⁉」

「材料があれば、ですが」

「ある！　たぶん！」

青年と子犬の、熱い視線が集まった。

「でも、もうずっと作っていないし」

「頼む！　国の平和がかかっているのだ！」

そう叫び、美貌の青年は土下座した。

「いやいや、土下座とか、本当に止めて！」

腕を引いて立ち上がらせようとしたが、吸引力が強くて微塵《みじん》たりとも動かない。

「国を救うのは、そなたしかいない」

「なんか、壮大な話になっているんだけれど！」

いったい、なんのことを言っているのか。訳がわからない。

「どうか、頼む」

「うーん」

面倒ごとに巻き込まれそうなので、詳しい話は絶対に聞きたくない。

しかし、腹を空かせ、オムライスを食べたいという子ども（?）がいる。だったら、作ってあげてもいいだろう。

美貌の青年も、ここまで頼んでいることだし。

「わかった。作るから――」

「本当か⁉」

「え、ええ」

「ありがとう」

美貌の青年はすぐに立ち上がり、私の手をぎゅっと握って頭を深々と下げてくれた。

恥ずかしいので、手はすばやく引き抜く。

子犬が尊大な態度で私に命じた。

『よし！　では、今すぐ作れ！』

体がふわりと浮く。何回かパチパチと瞳を瞬かせているうちに、景色がガラリと変わった。広い厨房に着地する。空間転移魔法だろう。

空間転移は上位魔法だと聞いたことがある。それを難なく使える子犬は、ものすごい存在なのかもしれない。

「ここが厨房だ。足りないものがあれば、すぐに申せ」

「は、はあ」

調理台が三つあり、その中のひとつには銀色の大きな箱が置かれていた。

「あれは何？」

ずいっと前に出てきたのは、美貌の青年だ。なぜか、ドヤ顔である。

「あれは、私が開発した魔道具、〝自動調理器〟だ」

『別名、〝クソメシ製造機〟である』

「なんだと⁉」

美貌の青年の抗議を込めた言葉に対し子犬は毛を逆立たせつつ、可愛らしい声で『ぐるるる』と唸《うな》っていた。

なんでも、材料を入れただけで、自動で皮剝きから味付けまでしてくれる、夢のような魔道具らしい。調理時間も、たった三秒で完成するようだ。

「私の作ったすばらしい調理器を、クソメシ製造機なんぞと呼びよってからに！」

『クソなものを、クソと言って何が悪い。あれで作った料理はすべて不味《まず》いのだ』

「単に、お前の好みの問題だろうが」

『そうとも言える。しかし、おいしい料理が食べ放題と聞いて、ここにやってきたのに、クソメシばかり食されてはかなわん』

「こいつ～～‼」

この子犬は、美貌の青年が召喚した精霊だろうか。子どものような幼い声で、よくしゃべるものだ。

青年は青年で、しゃべらなければ貴公子然としているのに、しゃべったらかなり残念な感じがする。だけどクソだ、クソだと言われて、なんだか気の毒にもなってしまった。

　ここで、ふりふりエプロンをかけたメルヴたちがやって来た。どうやら、調理を手伝ってくれるらしい。

『材料、何ガ必要？』

『メルヴ、持ッテクルヨ』

　一応、調理開始前に、子犬が食べられない食材を聞いておく。

『我はただの犬ではない。食べられぬ食材など、ないぞ』

「わかったわ」

　オムライスの材料を挙げると、エプロン姿のメルヴたちがタタターと走って集めに行ってくれる。大精霊メルヴ、健気《けなげ》でどこか愛らしい生き物だ。

　メルヴを愛でていたら、美貌の青年が話しかけてくる。

「おい、アストライヤー、靴がないままでは作業しにくいだろう」

「あ、えっと、そうね」

　美貌の青年はもう一体メルヴを召喚する。いったい、何体持っているのか。

『メルヴダヨ！』

「ふむ。メルヴよ、この娘に、靴を作ってやれ」

『ワカッタ！』

靴を作るとは？　頭上にはてなマークを浮かべていたが、その意味はすぐに理解することとなる。

私の足に、メルヴの頭上から生えてきたツルが巻き付き、靴の形となったのだ。

足にぴったりフィットしていて、内側は柔らかく、恐ろしく履き心地がいい。

「どうだ？」

「問題ないわ」

「そうか。では、調理を開始しろ」

調理台に、メルヴが集めてくれた材料が置かれる。白米もきちんとあったので、ホッとした。これが大事なのである。卵も、新鮮そう。

久しぶりの料理に、なんだかわくわくしてきた。

うちのレストランのオムライスは、トマトスープで白米を炊く。

牛肉から取ったブイヨンを使ったスープを使うのだ。今から作るとなると、かなり時間がかかる。

「どうした？」

「いえ、スープを用意しなければならないのだけれど——あ！」

自動調理器で、スープが作れるのではないか。美貌の青年に相談すると、「もちろんだ」と答えてくれる。

子犬はイヤそうな顔を浮かべたが、スープがないと味に深みがでない。

さっそく、調理を開始する。

材料を入れ、起動のボタンを押す。すると、三秒でトマトスープが完成した。ひと口食べてみたが、しっかり仕上がっている。

不満そうな顔をする子犬にも、味見をさせた。

『絶対に、クソ不味いに決まっておる』

皿の上のスープをイヤイヤ舐めたが、カッと目を見開いて叫んだ。

『うまいぞ‼』

お口に合ったようで、ホッと胸をなで下ろす。

自動調理器と言っていたが、きちんと分量を量らないで食材をあれもこれもとぶち込んでいたので、不味い料理が仕上がっていたのだろう。

美貌の青年を振り返り、自動調理器を絶賛する。

「この魔道具、すごく便利だわ。あなた、天才なのね！」

「まあ、そうだな」

美貌の青年は尊大な返事をしながらも、口元に手を当てて頬を淡く染めている。案外、純粋な男のようだ。

「アストライヤー、その、どんなところが便利なのか、詳しい話を――」

『おい、調理の邪魔をするな！　お主なんぞ、端っこで膝を抱えて座っておけ！』

「なんだと⁉」

仲が悪いふたりは無視して、調理を続ける。

トマトスープで白米を炊いている間に、ソースを用意する。

レストランで出していたオムライスソースには、肉団子を絡めた。この肉団子だけ食べたいと言われるほど、絶品なのだ。

久々なので作れるか心配していたが、包丁を持つと自然と体が動いた。

一日に三百個くらい、ひたすら肉団子を作っていた日々を思い出す。

子犬は調理台に上り、尻尾を振りながら叫んだ。

『なんだか、おいしそうな気配がするぞ！』

肉団子に犬の毛が入ったら困るので、美貌の青年に頼んで調理台から下ろしてもらう。

調理する様子を見たいと子犬が暴れたので、メルヴのツルに体を巻き付け、上げてもらったようだ。

視界の端に、ツルに絡まり、持ち上げられる子犬がいるというおもしろおかしい状態で調理を続ける。

ひき肉に卵、刻んだタマネギを加え、冷やした手で一気に捏《こ》ねる。

手の温度で肉の旨味が逃げてしまうので、なるべく冷たい手で作るのがこだわりだ。

ひと口大に丸め、肉団子は高温の油でカラッと揚げる。冷めないうちに、手作りのトマトソースを絡めた。

そうこうしている間に、米が炊けたようだ。鍋の蓋を開けると、ふっくら炊けている。蒸らす前に、刻んだパセリを振って混ぜておいた。

ここからが、スピード勝負だ。

まず、鍋にスライスしたチーズを入れ、火にかける。同時に、フライパンにバターを落とした。

グラタン用の皿半分にご飯を加え、間に溶けたチーズを垂らす。蓋をするように、ご飯を重ねた。これを、皿にひっくり返す。布を押し当て、形を整えた。

温まったフライパンに溶き卵を流し込み、くるくるかき混ぜる。

フライパンの柄を拳でトントン叩き、卵を包んだ。火が通らないうちに、皿に卵を載せる。中心にナイフを入れると、花咲くように卵が開いた。

『おお、なんて美しい！』

その上から、肉団子入りのトマトソースをかける。

「ふわふわチーズ・オムライスの完成！」

『おお！』

子犬がオムライスをうっとり眺めている間に、美貌の青年の分も作った。

「はい、どうぞ」

「アストライヤーよ、これは、私の〝おむらいす〟なのか？」

「ええ、そうよ」

食堂に行かず、ここで食べるようだ。

子犬は大きく口を開き、肉団子にかぶりついていた。

『う、うまいぞ‼　肉汁がじゅわっとあふれて、口の中で旨味が爆発している！』

食レポかーいと、心の中で突っ込みを入れる。できる子犬であった。

口の周りがトマトソースで真っ赤になったが、きれいにするのは食べ終わってからでいいだろう。

続けて、オムライスを頬張る。

『むむっ⁉』

トマトスープで炊いたご飯の中には、チーズを入れてある。みょーんと糸を引いて伸びていた。

『なんだ、これは⁉　チーズが酸味をまろやかにし、さらに味わい深いものにしてくれよる‼』

そこから子犬は何も言わずに、無言で食べ続けていた。美貌の青年はハッと我に返り、自らも食べ始める。

オムライスはこの世界にない料理なので、抵抗があったのだろう。しかし、子犬が大絶賛してくれたので、安心したようだ。

肉団子をナイフで半分に切り、ソースに絡めて食べる。

「……おいしい」

今まで無表情か怒る表情ばかりだったが、あわく微笑んだように見えた。

その瞬間、胸が高鳴る。

美貌の青年の笑顔にときめいたのではない。私の料理を食べた人が見せる笑顔を久々に見たので、嬉しくなったのだろう。

そうこうしているうちに、子犬はオムライスを完食してしまった。

心なしか、白く美しいもふもふの毛並みがよくなったような気がする。尻尾も、ふんわりとボリュームアップしたような。

ふわふわの尻尾を左右に振りながら、感想を言ってくれた。

『すばらしくおいしかった！　お主の作る料理は、最高だ！』

「そ、そう？」

喜びがこみ上げる。

やはり、私は料理をすることに、一番の幸せを感じてしまうようだ。

生まれ変わっても、心の有様は変わらないのだろう。

白いふわふわの毛についた口周りのトマトソースを拭いてあげたあと、思いがけない宣言をされる。

『お主、名はなんという？』

「アストライヤーよ」

『全名は？』

「アステリア・ラ・アストライヤー」

『では、アステリア・ラ・アストライヤーに、聖獣リュカオンが命じる。汝《なんじ》、我の〝ごはん係〟として任命するぞ！』

目の前に大きな魔法陣が浮かび上がる。キュルキュルと音を立てながら小さくなり、魔法陣は私の手の甲に移った。パチンと音がなると、魔法陣は消える。

「い、今の、何?」

『契約だ』

「え、なんの⁉」

「残念ながらそなたは、は聖獣リュカオンの〝ごはん係〟に選ばれてしまったようだ」

いつの間にかオムライスを完食した青年が、口元をぬぐいながら教えてくれる。

「ごはん係って、なんなの⁉」

『何、難しいことではない。お主の記憶にあるおいしそうな料理を、我に作るだけでいいのだ。もう、決めた』

「き、決めたって」

『お主がごはん係でいてくれる限り、我はこの国を厄災から守ろうぞ』

「へ⁉」

『よいな?』

「え、あ、まあ、はい」

訳もわからないまま、なんとなく返事をしてしまう。

『よし、これで、お主は我のごはん係だ！』

「ごはん係って……」

私が子犬の〝ごはん係〟に任命されたって？

それよりも、この子犬は、聖獣リュカオンと名乗ったような。

「あ、あなた、聖獣様、なの？」

『さよう！　特別に、真なる姿も見せてやるぞ』

子犬……ではなく、聖獣リュカオンは『わおーん』と鳴く。すると、モコモコふわふわとした白い毛に包まれた小さな体が光に包まれた。

そして、子犬の姿から、全長五メートルほどの巨大なオオカミの姿に変化した。

鳴き声も、野太くなる。

大きくなるだけで、今までとは異なった神々しい空気を放っていた。先ほど『お腹が空いた！』と叫んで暴れていた子犬と、同じ存在には思えない。

「う……わあ！」

リュカオンはその場に伏せ、ダンディな声で『乗れ』と言った。

「え、乗れって、どこに行くの？」

「そういえば、お披露目があったのだな」

美貌の青年が、ぽつりと呟く。

『お主は我をお披露目するために、土下座をしていたのだろうが』

「〝おむらいす〟とやらがあまりにもおいしく、忘れていた」

『そうだな。〝おむらいす〟は、我を忘れるおいしさだった』

「オムライスの話で盛り上がっているところに悪いのだけれど、ぜんぜん話についていけないわ」

『よい、とにかく、我に乗るのだ』

「すぐに終わる。手間はかけさせない」

美貌の青年は、なぜか私に手を差し伸べる。

「へ⁉」

乗れって、私に言っていたの⁉

そう問いかける間もなく、美貌の青年は私を軽々と抱き上げ、リュカオンの背中に横乗りにさせた。自らも、背後に跨《また》がる。

「うわっ、すごく、毛並みがもふもふ」

『好きなだけ、もふもふするとよい』

「あ、ありがとう」

そんな会話をしているうちに、リュカオンの周囲に大きな魔法陣が浮かび上がった。

「あれは……転移魔法！」

景色が歪み、一瞬で場所が変わる。転移先は――豪奢なシャンデリアが輝く大広間。

着飾った男女の注目が、一気に集まった。

「そなたの名は、アステリア、と言っていたな？」

「え、ええ。そうだけれど」

「わかった」

イケメンの耳打ちにドギマギしてしまう。それにしても、「わかった」とはなんなのか？

突然の聖獣とイケメンの登場に、招待客が歓声を上げる。

「静粛《せいしゅく》に！」

美貌の青年が叫ぶと、シンと静まりかえった。

「この白きオオカミが、聖獣リュカオンである。かの存在があり続ける限り、我が国の平穏は続くだろう。そして――」

美貌の青年は、私の手を取った。腰に手が回され、そっと手の甲に口づける。すると、先ほどリュカオンが出した魔法陣が浮かんだ。「おお!」というどよめきの声が響き渡る。いったい何をするのだと文句を言う前に、驚きの情報がもたらされる。

「この紋章は、聖獣リュカオンの守護の証である」

美貌の青年がそう宣言すると、「わあああ!」と歓声が上がった。

「紹介する。彼女が、聖獣リュカオンが選びし乙女、アステリア・ラ・アストライヤーである。さらに、私の婚約者でもある」

「はあ⁉」

私のありったけの抗議を込めて叫んだ「はあ⁉」は、歓声にかき消されてしまった。

「聖獣リュカオン様、万歳!」

「第三王子イクシオン殿下、万歳!」

美貌の青年を振り返る。無表情で、招待客に手を掲げていた。

「あ、あ、あなた、第三王子イクシオン殿下だったんかーい!」

私の叫びは、「聖獣の乙女、アステリア嬢、万歳!」と言う言葉にかき消されてしまった。誰も、私の主張なんて聞いていない。

鋭い視線が突き刺さったような気がして視線を下に向けると、ハンカチを噛んで悔しそうな様子のエレクトラの姿が見えた。顔に、「抜け駆けしやがって」と書いてある。そういえば、彼女は第三王子イクシオン殿下の妻の座を狙っていたのだ。

どうして、突然私は婚約者として紹介されたのか。理解できない。

「聖獣リュカオン様、万歳！」

「第三王子イクシオン殿下、万歳！」

「聖獣の乙女、アステリア嬢、万歳！」

背後のイクシオン殿下が、満足げに呟いた。

「これで、我が国も安泰だ」

何が、〝安泰だ〟だ‼

私の心には、まったく安泰など訪れていない。

皆のキラキラとした期待の視線を浴び、頭を抱えて「どうしてこうなった！」と叫んでしまった。

第二話　勝負の『ウサギの絶品サクサクスープパイ』

ぷにぷに、ぷにぷにと、手触りのよい何かで頰を突かれていた。

表面はすべすべしていて、かつなめらかで、ほどよい弾力がある。

「うう……ぷにぷにで、気持ちがいい……！」

『当たり前だ。きちんと、肉球クリームで毎日手入れをしているからな！』

「毎日お手入れって、乙女か！」

突っ込んだあと、ハッと目覚める。

「あれ？　リユカオン？」

『そうだ！　ポンコツ王子のメシウマ嫁よ。我のごはんを作ってくれ。腹が減ったぞ』

「ううん」

幼い子どものような声が聞こえ、身じろぐ。

『おい、ポンコツ王子は、朝食も食べずに研究室にこもったぞ？』

ぐっと、強めに頰を突かれる。

『いいのか、メシウマ嫁⁉』

「よ、よくな～い‼」

目をカッと見開き、一気に起き上がる。

『おお、起きたか。ポンコツ王子のメシウマ嫁よ』

「嫁じゃないから‼」

『まだ、婚約中だったな。すまぬ』

「そういう問題でもなく！」

可愛らしく小首を傾げるのは、モコモコふわふわの白い毛並みを持つ犬――ではなく、国を厄災から守護するオオカミの姿をした聖獣リュカオンだ。

昨日、守護の力を使ったので、子犬の姿に戻っている。

リュカオンはおいしい食事を対価に、スタンピートを防ぐことを約束し召喚されたようだ。だが、第三王子イクシオン殿下が用意した食事が口に合わず、『このままでは空腹で、守護もままならない！』と駄々《だだ》を捏ねていたらしい。

国中のどんな料理人の料理を食べても、『クソ不味い！』としか言わず、『おいしい物が食べられないのであれば、帰るしかない』と宣言していたのだとか。

そんな中で、現代日本で料理人をしていた記憶をのぞき見たリュカオンは、私にオムライスを作るように命じた。

リュカオンを聖獣と知らなかった私は、「お腹を空かせて可哀想」という憐れみの気持ちでオムライスを作った。結果、リュカオンは私の料理を気に入り、未来永劫《みらいえいごう》厄災から守る『守護の紋章』を手の甲に宿してくれたのだ。

イクシオン殿下はリュカオンの召喚には成功していたものの、『守護の紋章』はもらっていなかったので大喜び。

無事、リュカオンのお披露目もできて、めでたしめでたし――ではなかった。

驚くべきことに、イクシオン殿下はお披露目の場で、私を婚約者だと紹介したのだ。

突然すぎて、混乱状態となる。

宮殿に戻った私は、即座にイクシオン殿下に抗議した。「なんてことを言いやがりますのか⁉」と。

イクシオン殿下は今回の舞踏会で、婚約者を指名するように命じられていたらしい。けれど、決めるのは面倒だし、だからと言って周囲の者が決めた女性とは結婚したくない。そんな中で、聖獣の乙女として選ばれた私は、風避けとして都合がいい存在だったようだ。私を仮の婚約者として立てておいたら、結婚についてうるさく言われないだろう。そういう目論見《もくろみ》があったらしい。

昨日は呆れて、言葉もでなかった。今日は、きちんと抗議しなければ。

『おい、メシウマ嫁！　起きたか？』

「嫁じゃなくて、アステリアよ」

『アステリア、早く、ごはんを作れ！』

「はいはい」

寝台のそばにある円卓に、ラッピングされた箱が山積みになっていた。昨晩、誰かが持ってきてくれたのか。爆睡していて、気づかなかった。

カードには、『アステリア嬢へ』と書かれてある。送り主は、イクシオン殿下だ。

早速開けてみたら、ドレスが数着と、髪を結ぶリボンに下着、ストッキングなどの小物から化粧品、香水まで入っていた。

まさか、下着まであるなんて……。

『変態か？』

「！」

考えていたことを読まれたと思い、リュカオンをジロリとにらむ。

『なあ、お主もそう思うだろう？』

「ええ、まあ」

どうやら、脳内をのぞかれたのではないようだ。リュカオンは私の記憶の中にある料理を〝視る〟ことができる。かと言って、心の声が常に聞こえているわけではないようだ。

のぞきたいと思ったときにのみ、聞こえるらしい。なんて恐ろしい能力なのか。

『しかし、この用意周到さ。お主を囲い込んで、実家に帰らせるつもりはないのだな』

「それは、困るんだけど」

リュカオンのごはん係をするのはいい。私の作る料理を望んでくれるなんて、嬉しいことだから。でも、一度家に戻って両親に事情を話したい。

このあとイクシオン殿下に拝謁《はいえつ》して、抗議活動をしなければ。

着替えをするため、リュカオンにシーツを被せた。空気を読んで、おとなしくしてくれている。

どこからともなくメルヴが現れ、身支度を手伝ってくれるという。

まずはたらいに張った水を持ってきてくれた。それで、顔を洗う。歯を磨いたら、すっきり目が覚めたような気がした。

続いて、着替えをする。贈り物の中から比較的動きやすそうなプリンセスラインのドレスを選んだ。襟にはレースがふんだんに使われ、胸のリボンはベルベット。非常に手が込んだ、高価な一品であることが分かる。そして、サイズは恐ろしくぴったりだった。

本当に、どうやって一晩でこの贈り物を用意したのか。王族のコネクションは謎が多い。

化粧は薄くていいだろう。ささっと十分くらいで終わらせる。

髪は、侍女がやってくれるように手が込んだものはできない。前世でやっていたように、ひとつにまとめてシニヨンにし、リボンで結んでおいた。

エプロンもあったので、ありがたいと思いつつかける。葉っぱ精霊メルヴとおそろいの、フリフリエプロンだ。

「リュカオン、もう、出てきていいよ」

聖獣様なので、「リュカオン様」と呼んでいたが、『敬語と様は堅苦しいから、必要ない！』と抗議されたので、お言葉に甘える形になっている。ついでにイクシオン殿下も「私も敬語と敬称はいらない」とおっしゃっていたが、それはどうなんだと考えていた。

『ぷはー！』

シーツからひょっこり顔を出したリュカオンに、質問する。

「朝ご飯は何を食べたい？」

『〝たまごやき〟、とやらが、おいしそうだ』

「リュカオンは、卵が好きなんだね」

『うむ、好きだ！』

リュカオンが転移魔法で、厨房まで連れて行ってくれる。

昨晩の後始末はメルヴたちがやってくれたようで、ピカピカな状態を保っていた。

「そういえば、ここって侍女や侍従がいないのね」

『ポンコツ王子は、使用人は煩わしいと遠ざけているようだ。代わりに、メルヴを使役し、身辺の世話をさせている』

「ふうん。そうなのね」

そんなことを話していたら、メルヴたちがてててーと走ってきた。

『オ待タセ！』

『メルヴダヨ！』

今日も、メルヴたちが調理を手伝ってくれるようだ。昨日に引き続き、フリフリエプロン姿が愛らしい。

『材料、持ッテクル？』

「うん。お願い。今日は卵と――」

日本風の朝食なら、ほかほかご飯に味噌汁《みそしる》、焼き魚に卵焼きという感じだけれど、さすがに味噌はないだろう。大豆っぽい豆はあるので、手作りできるかもしれない。

「あ、昨日のトマトスープで炊いたご飯が余っているのね。じゃあ、これをリゾット風にして、あとは卵焼きとスープでも作ろうかしら」

すばやく献立を組み立て、腕をまくって調理を始める。

まずは、窯に火を点した。

リュカオンは今日も調理風景が気になるようで、メルヴのツルを体に巻き付け、宙に浮かんだ状態でこちらを見つめていた。

笑ってしまうので、なるべく視界に入れないようにし、調理に集中する。

一品目は残りもののリゾットから作る。昨日のトマトスープで炊いたご飯に、イクシオン殿下の自動調理器で作ったコンソメスープを加え、食感を出すためにキノコを刻んで混ぜる。あとは、水分がなくなるまでコトコト煮込むのみ。

二品目。コンソメスープにベーコン、ニンジン、タマネギを入れて火にかけた。

イクシオン殿下の自動調理器はかなり便利だ。スープの出汁取りを一瞬で終わらせることができるので、優秀である。

材料を切っただけの、手抜きスープはすぐに完成した。

最後に、卵焼きを作る。自動調理器で魚介系の出汁を作成し、溶いた卵と混ぜた。醬油《しょうゆ》とみりんが欲しいところだが、残念ながら存在しない。塩をほんのちょっぴり、砂糖をひとつまみ入れる。

一回漉《こ》すと、焼き上がりがきれいになる。日本ではおなじみのザルはないので、清潔な布で漉した。

鍋に油を引いて、温度を見定め、卵を流す。じゅわ～と卵が焼けるいい匂いがふんわり漂った。火加減に注意し、丁寧に卵をくるくると巻いていった。

「よし、できた！」

焦げ目のない、きれいな出汁巻き卵焼きの完成だ。

個人的には、これに大根おろしをのせて、醬油をちょびっとかけるのが大好物だ。

『アステリア！　我も、〝だいこんおろし〟をのせ、〝ショウユ〟とやらをかけたものを食べたい！』

「あっ、脳内を勝手にのぞいたわね！」

『アステリアがおいしそうな記憶を思い出したら、勝手に我の脳内に流れてくるようになっているだけだ！』

「どういう仕組みなの、それ？」

まあ、いい。いちいちリュカオンに突っ込んでいたら、疲れてしまう。

「残念だけど、醤油はないの」

リュカオンはしょんぼりする。さすがの私でも、醤油は作れない。

でも、ここの世界は地球と同じような食材がほとんどだし、どこかに醤油を作る技術を持っている国があるかもしれない。

「イクシオン殿下に、醤油がどこかの国にないか、聞いてみるから」

『承知した！』

リゾットもどきは水分がなくなっている。これに、チーズを入れ、トロトロになるまで煮込んだ。

深皿に盛り付け、黒コショウを少量振りかける。

トマトのリゾットもどきと、ベーコンと野菜のスープ、だし巻き卵焼き。以上の三品で朝食は完成だ。三人分用意し、ワゴンに載せておく。

『よし、では、ポンコツ王子のもとへゆくぞ！』

「ちょっ、食堂で食べるんじゃないの⁉」

『移動させるのが面倒だ！』

ワゴンごと転移し、イクシオン殿下の研究室に降り立った。

朝から研究に没頭していたイクシオン殿下は、転移してきた私たちを見て、椅子から転げ落ちて驚いていた。

「うわーっ‼」

「あの、イクシオン殿下、大丈夫、ですか？」

「敬称と敬語は必要ないと申しておっただろうが」

転がった姿勢のまま、イクシオン殿下は私に指摘する。尊大な様子で言うのならば、せめて立ち上がってから発言してほしかった。

溜息をひとつこぼし、イクシオン殿下から視線を逸らす。

研究室は学者向けレベルの難しい本が並び、だだっ広い空間にテーブルが置かれただけの部屋だった。イクシオン殿下の周囲だけ、書類が落ちていたり、ガラクタのような部品が散らばっていたりする。

「おい、アステリア。私の話を聞いていたのか？」

「聞いていましたよ。しかし、王族相手に、敬語と敬称禁止はきついです」

「昨晩は、普通にしゃべっていたではないか」

「昨日は、いろいろ混乱していまして……。まさか、王族がこんなにも身近にいるとは思わなかったものですから。大変な失礼を働いてしまいました」

「気にしておらぬと申しているだろうが」

「しかし」

「言うことを聞かないと、立ち上がらんぞ」

そこまで主張するのならばと、態度を改める。

「立て、イクシオン！」

「いきなり偉そうになったな！」

そう叫んで、イクシオン殿下は立ち上がった。

むしゃくしゃした気持ちが高まり、ついつい言葉が悪くなってしまった。しかし、後悔はしていない。

不敬罪で罰せられるかもしれないが、ついでに婚約破棄もできて一石二鳥だろう。しばしの獄中生活くらい、耐えてみせる。

そんな心積もりでいたが――。

「まあ、よい」

いいんかーい。

落胆と同時に、ガクッと肩を落としてしまった。

『もう、〝夫婦漫才〟は終わったか？　早く、朝食を食べたい！』

リュカオンは私の脳内にある語彙を使い、突っ込んでくる。イクシオン殿下は「めおとまんざい？」と首を傾げていたが、面倒なので説明したくない。無視を決め込む。

『おい、ポンコツ王子！　アステリアが朝食を作ってきてくれたぞ』

「助かる。ちょうど、空腹だった」

『ありがたく、食せ！』

部屋の端に、椅子があったのでテーブルに持っていく。イクシオン殿下も、運んでくれた。お手伝いができるいい子である。

テーブルの書類や部品を片付け、料理を並べていく。

「アステリア、この赤い料理はなんだ？」

「昨日の残りもので作ったリゾットもどきです」

「残りもので料理を？　賢いな」

前世は庶民なので、標準装備の知識です。なんてことは言わずに、ニッコリと笑顔を返した。

イクシオン殿下は、出汁巻き卵にも食いつく。

「こちらはなんだ？　四角い、オムレツか？」

「出汁巻き卵焼きです」

「初めて見たな」

言われてみたら、この世界の朝食で出る卵料理といったら、ゆで卵にスクランブルエッグ、それからオムレツの三種類くらいしかない。

「オムレツに似ていますが、食感はぜんぜん違いますね。薄焼きにした卵を巻いたものです」

「ふむ。なるほどな。いただく前に、敬語は禁止する。わかったな」

仕方がない。ふーと息をはき、腹をくくった。

「なんだ、不満そうな顔だな？」

不満はおおいにある。けれど、今は食事に集中しよう。

食前の祈りを捧げたのちに、食事を始める。リュカオンとイクシオン殿下は、出汁巻き卵焼きを食べていた。

『こ、これは⁉』

リュカオンのフワフワの尻尾がピンと立つ。驚きで、いつも以上に尻尾の毛並みがボリュームアップしていた。

続けて、イクシオン殿下も反応を示す。

「初めて食した味だ‼」

日本には古くからある家庭的な一品であるが、異世界では珍しいもののようだ。

『なんと表現すればいいのやら。とにかく、おいしい！』

「卵の折り重なった層から、じゅわっと深みのあるスープがあふれでてくる。なんだ、この旨味が圧縮された、卵の層は⁉」

なんだと聞かれましても。でも、おいしそうに食べてくれるのは、心から嬉しいと思う。

「出汁――スープはイクシオン殿下の自動調理器で作ったものよ」

「そ、そうなのか⁉」

『あの魔道具は、制作者が使い方をわかっていないだけだったのだな』

「みたいだ」

イクシオン殿下は素直に認めるので、笑いそうになった。

リゾットもどきと手抜きスープもお気に召していただけたようで、ホッと胸をなで下ろす。

イクシオン殿下の自動調理器があるおかげで、食事作りはかなり楽だ。

前世のように、過労死をすることはないだろう。

この通り、リュカオンのごはん係を担当するのは、三人分を三食作るばかりなのでまったく問題ない。

最大の問題は、イクシオン殿下の婚約者に祭り上げられてしまった件だ。

「あの、イクシオン殿下。昨日言っていた、婚約の件なんだけれど」

「それがどうした？」

「早速で悪いのだけれど、破棄してもらえる？」

「なんだと⁉」

イクシオン殿下は信じがたい女、という目で私を見る。

「なぜだ？」

「イクシオン殿下は、周囲が結婚を急かすので、間に合わせに私を婚約者として立てたと主張していたけれど、それは根本的な解決になっていないかと。数年後に、婚約破棄したあと、同じ問題が生じるのは目に見えているわ」

「それは、そうだが」

「数年後も、同じ悩みを抱えるのは、バカみたいだと思わない？」

「遠慮なく申すな」

「そう言うように命じたのは、イクシオン殿下よ」

こうなったら、ズバズバ言わせていただく。

「いい機会だと思って、きちんと婚約者を決めておいたほうがいいわ。そのほうが、〝あなたのためになる〟のよ」

　真剣に訴えたのが良かったのか、イクシオン殿下はハッと何かに気づいたような表情を浮かべる。

「そなたの、申す通りだ。目が、覚めた」

　真摯に受け止めてくれたようで、ホッとする。

「じゃあ、私は一回家に——」

「アステリア。私はそなたを、正式な婚約者として迎えることにした」

「どうしてそうなる‼」

「そなたがそうしろと申したのではないか」

「私以外の、相応しい女性を選んでね、って言ったのよ！　それがなぜ、私を正式な婚約者にする方向になっちゃったの？」

「そなたが、相応しいと思ったからだ」

　イクシオン殿下の返答に、頭を抱える。

「なんで、ですか？　イヤじゃ、ないですか？　私みたいな、遠慮知らずで、お金しか長所がない家の女なんか」

「妻となる女性の生まれや育ち、家格など気にしていない。重要なのは、私が気に入るか、否かだ。そなたは、ほかの者とは違う。私に媚《こ》びることなく、しっかり自分を持っている」

「えー……そんなことないですよぉ」

「謙遜するな」

「ぜんぜん、ぜんぜんしていないですぅ」

ダメだ。イクシオン殿下は完全に、私に対して「お前、おもしろい女だな」モードになっている。

今まで、イクシオン殿下に真っ正面から意見する女性など存在しなかったのだろう。

ただ、世の中には、私以上におもしろい女がたくさんいる。どうか、目を背けないでほしい。世界中の、おもしろい女たちから。

「まだまだ、世界中にはすばらしくおもしろい女がいると思うわ」

「なぜ、いきなりおもしろい女の話になっている?」

「ごめんなさい。詳しく説明できないけれど、話についてきて」

「無茶を申す」

私が何を言っても、イクシオン殿下にはおもしろいことを言っているようにしか聞こえないのだろう。

　こうなったら、奥の手を使うことにした。

「ちなみに、イクシオン殿下、ご年齢は？」

「十九だ」

「なるほど」

「何がなるほどなんだ？」

　私はアラサー女子の転生体で、ババアソウルを胸に秘めたまま転生したと。

　つまり、十九歳と年若いイクシオン殿下は前世と今世の年齢を合わせて、アラフィフの女と結婚しようとしているのだ。

　それを、今から胸を張って説明する。

「実は、私、前世の記憶があるの」

「どういうことだ？」

「今日、ふるまった料理は、前世の世界で食べられていた、家庭料理なの。偉大な異世界人が作ったレシピを使って料理しているだけで、私自身はぜんぜんすごくないのよ」

「不思議なことを言う」

やはり、いきなり「どうも、料理人だった元日本人です。転生したら、金持ち貴族令嬢になりました」なんて主張しても、信じてもらえないのか。

この作戦は無謀だと思ったが、リュカオンが助け船を出してくれた。

『おい、アステリアの話していることは本当だぞ。彼女には、前世の記憶がある』

「そうなのか？」

「はい！」

ぐぐっと身を乗り出して、イクシオン殿下に説明する。

「三十四歳で亡くなり、生まれ変わって今年で十六歳。精神年齢は、ちょうどぴったり五十になりまして」

「それが、どうした？」

「私とイクシオン殿下が結婚をするのは、あまりにも年の差が、ありすぎてないかな、と思って」

「それは、精神年齢の話だろうが。前世の話で思い出したのだが、人は誰もが輪廻転生しているといわれている」

輪廻転生――亡くなった魂はまっさらな状態になって、生まれ変わる。人は誰もが、記憶がないだけで、転生体ということになるという考えだ。

「もしかしたら私の前世は、八十歳まで生きた爺《じじい》かもしれない。それを、今世との合計で九十九歳の爺と結婚するなどと、思うのか？　思わないだろう？」

「あと一年、生きていたら百歳だったのに」

「これはたとえ話だ！　真面目に聞け！」

イクシオン殿下の、渾身《こんしん》の突っ込みを受けてしまった。なかなか体験できるものではないだろう。

「前世の前には、さらに前世も存在する。前々前世の年齢も含めたら、とんでもない年齢になるのではないか？　考えるだけ、無駄だろうが」

「私の前で前々前世の話はしないで。思わずビートを刻んでしまうから」

「そなたは、本当に訳がわからない話ばかりする」

イクシオン殿下は、私を諭すように優しく言った。

「アステリア。人は何度生まれ変わろうが、きっと性根は変わらない。私は、そなたの性根が気に入った。これで、満足してくれないだろうか？」

「私の性根って？」

「巻き込まれたら面倒だとわかっているのに、話を受けてしまう能天気なところだ」

「イクシオン殿下、それ、もしかして褒めているつもりですか？」

「そうだが」

褒めていない。ぜんぜん、褒めていない。がっくりと、うなだれてしまう。

「そもそも、アストライヤー家と王族の結婚なんて、周囲が認めないのでは？」

一応、爵位はあるものの、アストライヤー家の評判は社交界ではすこぶる悪い。なんでもかんでも、お金で解決し、金持ちであることを常にひけらかしているからだ。

高貴な志を持つ貴族には、お金を第一に考えるアストライヤー家のあり方は卑しく映ってしまうのだろう。

「兄たちの結婚は、政治的な意味合いが強い」

なんせ、ご兄弟は未来の国王となるカイロス殿下と、教会が歴史の中で初めて熱烈に支持するアイオーン殿下だ。

そんじょそこらの女が結婚できるわけがない。

「一方、私はどこにも支持されず、公式行事にはほとんど参加せず、陰で引きこもり王子とまで囁かれていたような存在。結婚話に難色を示しているうちに、誰でもいいから結婚してくれと命じられる始末だ」

「それはそれは……」

「平民の娘を連れてきても、どこぞの貴族の家の養子に出し、身分をつけてやるから、結婚してほしいとまで言われていた」

「結婚相手は、誰でもいいと？」

「そうだ」

つまり私がアストライヤー家の出自で、その上精神年齢がアラフィフでも、イクシオン殿下はまったく気にしないようだ。

「答えを、聞かせて欲しい」

目力がすごい。迫力で、「はい」以外の答えを言わせないと訴えている。

断れるような雰囲気ではなかった。どうすればいいのか。

助けを求めた瞬間、実家の父の姿が思い浮かぶ。そこで、ピンときた。

「父に……」

「ん？」

「父が許してくれたら、私はイクシオン殿下と結婚するわ」

「そうか。わかった」

この問題は私の手に負えないので、父に丸投げすることに決めた。

妃教育なんかしていない娘を、王族の嫁に出す訳がない。

もしも結婚なんてしたら、アストライヤー家の恥になるからだ。

父はきっと、金を出すので娘を返してくださいと、平伏してくれるはず。

私は無事実家に帰ることができて、国は大金を得る。いいことづくめだ。

ごはん係は、転移魔法を自在に操れるリュカオンがアストライヤー家の領地まで来てもらったら続けられるだろう。問題は何ひとつない。

「数日、ここを空ける。宮殿内の案内は、メルヴに命じておく。生活に必要な物は、今朝方追加で頼んでおり、昼には届く。足りないものがあったら、メルヴに言っておけ」

「あの、私、一回家に帰りたいんだけれど」

「ダメだ」

「なんで？」

「ここでの生活で、不自由はさせない」

「答えになっていないから。家に帰れない不自由は、無視するわけ？」

「帰宅は許可できない。リュカオンに頼んで、転移するのも禁止だ」

「だから、なんで？」

「聖獣の乙女を、利用する者がいないとは言い切れないからだ」

「あー、なるほど」

私の家族でさえ、信用できないらしい。腑に落ちたけれど、不満は残る。

そんな私の肩をイクシオン殿下は掴《つか》み、幼子に言い含めるように真剣な眼差しを向けながら言った。

「しばらく、不自由させる。今は、我慢してくれ」

こっくり頷くと、イクシオン殿下は研究室から出て行った。

パタンと扉が閉まった音で、ハッと我に返る。

「ヤバい！　イケメンパワーでうっかり頷いちゃった！」

思わず、頭を抱え込んでしまう。

イケメン耐性なんて、欠片もなかった。キラキラ王子様に頼み事をされたら、頷く以外できないだろう。

『〝いけめん耐性〟とやらがゼロなのに、結婚は随分と渋っていたな』

「リュカオン、私の心の声と会話しないで」

『む、すまぬ』

は～～と、深い溜息をつく。

こうなったら、領地の父がイクシオン殿下との戦いに勝ってくれるのを祈るばかりだ。

＊＊＊

食事後は、腹ごなしも兼ねて宮殿内をメルヴに案内してもらう。リュカオンも同行してくれるようで、私の隣をもふもふの尻尾を揺らしながら歩いていた。

私室の前で、メルヴがちょこんと待っている。手には『メルヴ観光』と書かれた木の棒に付いた葉っぱを持っていた。

『〝メルヴ〟ガ、宮殿ヲ、案内スルヨ』

「よろしくね」

メルヴはポテポテと歩きながら、宮殿を案内してくれた。

『ココハ、畑ダヨ！』

「は？」

止まったのは、重厚な扉の前。ここのどこに、畑があるというのか。

メルヴが扉をトントンと叩くと、自動で開いた。

「へ⁉」

舞踏会が開けそうなほどの部屋に広がるのは、豊かな緑。天井からは太陽のようなまばゆい光を放つ魔石があり、噴水のような装置で水やりがなされ、メルヴたちがせっせと野菜の収穫をしていた。

作業をするメルヴが、収穫したばかりのみずみずしいトマトを持ってきてくれた。

囓ってみたら、驚くほど甘い。

『コレハ、魔道具、畑絨毯《じゅうたん》デ作ッタ、野菜ダヨ！』

イクシオン殿下の発明らしい。

畑絨毯を広げ、太陽魔石が設置できる広さのある場所ならば、どこででも野菜を作ることを可能としているようだ。

畑絨毯と、水やり器、太陽魔石のセットで販売できないか、特許出願中らしい。

続いて案内された部屋も、とんでもなかった。

『ココハ、家畜ヲ、育テテイルヨ』

「は⁉」

メルヴがコンコンと扉を叩くと、開かれる。そこは草原が広がっていて、牛や豚、鶏などの家畜がゆったりのびのびと歩き回っていた。

ここでもメルヴたちが働いていて、家畜に水や餌を与え回っている。

「ええー、何これ……！」

『牧草絨毯ト、太陽魔石ヲ、使ッテイルヨ』

「なんじゃこりゃ」

ほかにも、小麦を育てていたり、湖があったり、お菓子、パン工房があったりと、ちょっとした農村みたいな環境が宮殿の中にそろっていた。

「あの王子、どうして宮殿でスローライフしているのよ⁉」

その疑問に答えてくれたのは、リュカオンである。

『商人を宮殿内に入れたくなかったようだ。必要な品々は、自給自足してやろうと』

「ええ、何それ」

『この宮殿は、奴の聖域なのだ。だから、お主の服を用意させるために、他人を宮殿に入れたことは驚いたぞ』

「はあ、さようで」

ありえない、のひと言だった。

「ここで働くメルヴって、どれくらいいるの？」

『ウーン。百以上イルカナ？』

「こき使われて、大変じゃない？」

『大変ジャナイヨ。楽シイヨ。メルヴハ、森ニ増エスギテイタカラ、環境問題ニナッなんでも、消費魔力の問題で、森に大量のメルヴが住むことはできないらしい。メルヴが増えすぎると、森の木々が枯れてしまうのだとか。

だんだん、エコロジカルな話になってきた。

メルヴたちが困っていたところ、イクシオン殿下の宮殿に招待され、毎日楽しく働いているようだ。

……メルヴたち、いい子すぎないか？

そんなことはさて置いて。

ここの宮殿は、イクシオン殿下の引きこもり生活を実現させた、夢のような場所なのだろう。

『昨日、新シク、ドレス工房ヲ、作ルヨウニ言ワレタヨ。三日後ニデキルカラ、欲シイドレスガアッタラ、言ッテネ』

「それは、どうも」

そのうち、ショッピングモール化しそうだ。

＊＊＊

宮殿内を見て回るだけで、なんだか疲れてしまった。

部屋でぐったりうなだれていたら、メルヴがお茶を持ってきてくれた。

『粗茶ダヨ～！』

エプロン姿のメルヴが可愛くて、ほっこりしてしまう。

「メルヴ、ありがとう」

『イエイエ～』

「これ、なんのお茶？」

『メルヴ茶ダヨ～』

メルヴの頭上から生える葉っぱを煎じたお茶らしい。さっそく、いただいた。なんだか、フルーティーないい香りが漂う。ひと口飲んだら、カッと体が熱くなった。

「な、何これ、おいしい‼」

おいしいだけではない。メルヴ茶を口に含んだだけで、疲れも一気に消し飛ぶ。

『元気ニナッタ？』

「うん、ありがとう」

メルヴの葉は、回復効果を持つ薬草らしい。それで作ったお茶なので、効果抜群だったのだろう。

葉っぱを提供してくれたメルヴたちに感謝だ。

「よし。元気になったから、そろそろ昼食の準備でもしようかな」

『やったぞ！』

「リュカオン、何か、食べたい料理はある？」

『ふーむ』

じっと、リュカオンが私を見つめる。記憶の中に存在する料理を探っているのだろう。ふわふわの耳をピンと立て、モコモコの尻尾は左右に振って情報を探っているようだ。

『〝ぐらたん〟、とやらが食べてみたいぞ』

「グラタンね。了解」

醤油やみりんを使用した料理は作れないので、グラタンのオーダーにホッと胸をなで下ろす。

宮殿の厨房にマカロニはないようだが、なかったら作ればいいのだ。

マカロニはイタリア発祥のショートパスタの一種で、日本では主にグラタンやサラダに用いられる。私はトマトソースと魚介のソースで和えたアラビアータにしたり、ひよこ豆のスープに入れたり、チーズを絡めたシンプルなマカロニチーズにしたりなど、さまざまな料理に使って味わっていた。マカロニは、どんな料理にも使えるのだ。

マカロニ作りに必要なのは、小麦粉の一種であるセモリナ粉。これを、ぬるま湯を入れつつ練るのだ。

手作りのパスタ作りは、力仕事である。しっかり練らないと、コシがなく、食べ応えのないパスタになってしまう。一瞬も、気を抜くことができない。

生地が仕上がったら、細い鉄に巻き付ける。引き抜いてほどよい長さにカットしたら、生マカロニの完成だ。

『おい、なぜ、〝まかろに〟は、穴が空いているのだ？』

「茹《ゆ》で時間を短くするためだとか、ソースを絡めやすくするためだとか、食感をよくするためだとか、いろいろな理由があるそうよ」

『なるほどな！　食べるのが、楽しみだ』

続いて、グラタンのホワイトソース作りに取りかかる。

『あの、白くてトロトロのソースを作るのだな！』

「ええ」

フライパンにバターを落とし、小麦粉を入れて混ぜる。

『おい、もしや、ソースはその白い粉で作るのか？』

「そうだけど」

『さっきも白い粉で、〝まかろに〟を作っていなかったか』

「まあ、種類は若干違うけれど。穀物をひいた物に変わりはないわね」

『白い粉で作ったまかろにを、白い粉で作ったソースに絡めて食べる。なんだか、恐ろしい料理だ』

「それ、言わない約束だから」

人類が目を背けていた事実を、リュカオンはズバリと見抜いてしまう。

小麦粉に溶けたバターが馴染《なじ》んできたら、牛乳を入れてさらに混ぜる。とろとろになり、コショウを振り、アクセントとしてナツメグを効かせたら、ホワイトソースのできあがり。

続いて、具を作る。タマネギを飴《あめ》色になるまで火を通し、同時進行でマカロニを茹でる。加えて、高級そうなベーコンを細く切り、軽く炒めたあとホワイトソースの中に入れた。

材料をすべて混ぜ、深皿にホワイトソースを混ぜる。チーズをたっぷり載せて焼いたら、グラタンの完成だ。

『おお……！　これが、〝ぐらたん〟！』

「召し上がれ」

『感謝するぞ』

食堂に移動し、グラタンを食べる。犬の口では食べにくいだろう。特別に、フォークで食べさせてあげることにした。

グラタンをフォークで掬《すく》い上げると、チーズがみょーんと伸びる。

『おおおおお‼』

リュカオンのテンションが最大級に上がっていた。まあ、気持ちはわからなくもない。空腹時のチーズみょーんには、堪《たま》らないものがある。

このままではアツアツで、舌を火傷してしまう。ふうふうしてあげた。

「ふーふー」

『ま、まだなのか⁉』

「もうちょっと、熱が引いてからじゃないと」

しっかり冷ましてあげたあと、フォークを差し出す。

『いただくぞ！』

パクリと、リュカオンはグラタンを頬張る。

『んんんん〜〜〜‼』

グラタンを食べたリュカオンは、ゴロゴロとテーブルの上を転がり始めた。

その間に、ふた口目を冷やしておく。

『これは、うまいぞ！　なんなのだ、この、ソースのトロトロ感と、まかろにのもっちり感の、極上な〝はーもにー〟とやらは！　それに、このコクがあるのにスパイシーなソースは、初めて食べる味だぞ！』

最後に効かせたナツメグも、お気に召してもらえたようだ。ふた口目を差し出すと、元気よくパクリと食いついた。

『最高だ〜‼』

さらに、おいしい食べ方を伝授する。それは、グラタンをバゲットに載せて食べることだ。

『小麦粉と小麦粉で作ったぐらたんを、小麦粉で作ったパンに載せるだと⁉』

「それも、言わない約束だから」

グラタンをバゲットに載せてリュカオンに差し出すと、目がキラキラに輝く。すぐに大口を開けて食べていた。

『ううううう、うまい‼　このぐらたんのソースは海のように深く広大な味わいで、まかろには食べる真珠が如く‼　奇跡のような、一品であるぞ‼』

出た、リュカオンの食レポが。笑ってしまいそうになるが、ぐっと我慢した。

それにしても、これだけおいしい、おいしいと言って食べてくれたら、作りがいもあるというもの。

リュカオンは瞬く間に、グラタンを平らげてくれた。

お腹を上にして転がっている。ぷっくら膨れたお腹がなんとも可愛らしい。

『本当においしかった。我は、機嫌がすこぶるよい。アステリアよ』

「何？」

『特別に、願いを叶《かな》えてやろう』

「え、願いごと？」

『ああ、そうだ。この宮殿をぶっとばしたいとか、実家の父をひと泡吹かせたいとか、いろいろあるだろうが』

「物騒な」

宮殿がなくなったら、イクシオン殿下は立ち直れないだろう。メルヴに案内されて見回ったが、〝俺だけの城〟感が半端ないのだ。

実家の父はおそらく、私とイクシオン殿下の結婚話が伝わって、ひと泡吹いているに決まっている。

その様子を見たかったような気もするけれど、猛烈に怒られそうなので、いなくてよかったのだろう。

ほかに何か願いがあるかと言われても、特に何も思いつかない。

なんといっても、私はお金持ちのアストライヤー家に生まれた。ドレスも、宝石も、馬もお菓子も、不自由することなく与えられて、自由気ままに育ったのだ。望むものなど、何もなかった。

もちろん、誰かを陥れようとか、何かを破壊したいとか、そういう願望も浮かんでこなかった。

「特に、ないかな？」

『本気か？　我は最強の聖獣であるぞ？』

「うん」

欲しいものがあったとしても、自分で手に入れなければ意味がない。

『驚いたな。お主のように、無欲な女は初めてだ。あの、イクシオンの嫁として、お主以上にふさわしい女はいないだろう』

「う、嬉しくないから！」

ここでふと思い出す。実家の姉たちがぼやいていた言葉を。

――今日、リティス子爵家のご子息からペンダントをいただいたのだけれど、先月お父様が買ってくださったペンダントのほうが数百倍素敵でしたわ。

――わかりますわ、お姉様。わたくしも一昨日、ネーベ商会の会長からブレスレットをいただいたのですが、誕生日にお父様がくださったブレスレットのほうが、輝いて見えましたもの。

ありし日の姉たちの会話を耳にしながら「いや、ぜんぜんわからねえ」と思っていたが、それと似たような状況にあるのだろう。

これは、アストライヤー家の血なのか。恐ろしすぎて、震えてしまう。

『だったら、やりたいことはないのか？　例えば、我の背中に跨がり風のように草原を駆けてみたいとか、空を飛んでみたいとか』

「いや、絶叫マシーンは好きじゃないから」

昨日、リュカオンの背中に乗ったときの記憶を思い出し、背筋がゾッと寒くなる。

高いところは苦手だし、速い乗り物も好きではない。

絶叫マシーンを好んで乗りたがる人の気持ちは、まったく理解できなかった。

『〝絶叫ましーん〟？　むむっ、お主の世界には、面妖な乗り物があるのだな。あれで、皆、どこに行っているのだ？』

「いや、どこにって、あれは恐怖を楽しむだけの乗り物で、移動目的で乗っているわけじゃないの」

『よくわからん娯楽が存在する世界だな』

「否定はしないわ。それより、私の記憶をウィキペディアみたいに使わないでくれる？」

『〝うぃきぺでぃあ〟だと？　ああ、なるほど。すまんな』

この聖獣は、理解できない単語があると、すぐに私の記憶をのぞき込むのだ。そういうのはよくないと、抗議しておく。

『実家に帰らなくてもいいのか？』

「いや……実家には、しばらく帰らないほうが賢明だと思うの」

『今朝は帰りたがっていたのに？』

「事情が変わったのよ」

『そうか』

やりたいことと言われて、特別やりたいことは何もない。けれど、ちょっぴり興味がある物事について話してみた。

「リュカオン、じゃあ、ひとつだけお願い」

私が願ったものとは――畑仕事を体験することだった。

『ジャガイモハ、アッチダヨ～！』

メルヴが指し示したのは、遠くにある畑。歩いて行ったら、十分ほどかかりそうだ。

この空間はどれだけ広いのか。おそらく、舞踏会を開くような部屋なのだろうが。

『ふむ、遠いな。よし！　我が連れて行ってやるぞ。背中に乗れ！』

「へ？」

リュカオンは幼獣体から、体長五メートルほどの成獣体へと変化する。いきなり凛々《りり》しくなったものの、伏せの姿勢を取った。

前に、リュカオンに乗ったときは、イクシオン殿下が腰を支えてくれた。それでも、怖かったのだ。

「あの、これぐらいの距離は自分で歩けるから、遠慮するわ」

『いいから乗れ』

リュカオンの迫力に負け、跨がってしまう。鞍《くら》もなしに、大きな生き物に乗るなど、愚かな行為としか思えないが。

『ゆくぞ！』

「ちょっと待って、心の準備が」

『出発！』

「いやあああああ〜〜！」

体感はジェットコースターである。絶叫し、涙目になりながら、流れ星のような速さでジャガイモ畑にたどり着いた。

『では、始めるか』

「ええ、そうね」

幼獣体に戻ったリュカオンは、やる気満々といった感じである。

私はドレスを脱ぎ、メルヴから作業服を借りて農作業を行う。

室内に畑が広がり、青々とした野菜が生える不思議な空間で、私はせっせとジャガイモの収穫を行った。

「リュカオン、見て！　こんなにたくさん採れた」

『むう！　我が、今掘っているジャガイモも、たくさんだぞ！』

リュカオンは鼻先に土を付着させ、ここ掘れワンワンの要領で土を掘っていた。しだいに全身土だらけになりつつある。美しい白の毛並みだったが、瞬く間に茶色い犬と化していた。

ジャガイモ掘りは前世含めて初めてだったが、メルヴが優しく教えてくれた。

私はずっと、自分で育てた農作物で料理をすることに憧れていたのだ。

しかし、家庭菜園もできないほど仕事が忙しかったので、夢も叶わず。

こうして、生まれ変わってから畑仕事をできるなんて、思いもしなかった。

「不思議だわ。土に触れていると、心がホッと落ち着くの」

『殿下モ、同ジコト、言ッテイタヨ』

「え、イクシオン殿下も、ここの農作業をしにやってくるの？」

『ウン！』

畑仕事をするイクシオン殿下なんて、想像できない。今度、見せてもらわなければ。

「驚いたわ。ここのお世話は、メルヴたちに任せていると思っていたのに」

『ココダケジャナイヨ。家畜部屋デ乳搾リシタリ、餌ヲアゲタリ、イロイロシテイル、ミタイ』

「へえ、そうなんだ。意外」

メルヴたちを働かせて、イクシオン殿下は高みの見物だと思っていたのに。一気に親しみを感じてしまった。

『あの男は、相当な変わり者よ。生活を楽にするために魔道具の開発を行う傍ら、自らが畑仕事や家畜の世話をすることを厭《いと》わない』

「魔道具は、なんのために開発しているの？」

『国民たちが、豊かな生活を送れるようにと以前話していたが』

「そうなんだ」

私は勘違いしていた。

イクシオン殿下は自分が自由気ままな生活をするために、この宮殿に引きこもって魔道具開発をしているのだと思っていた。

「たしかに、自動調理器が製品化されたら、国民の生活は楽になるわ」

しかし、課題も山積みなんだとか。

『せっかく便利な品を作っても材料費の関係から製品化されなかったり、研究費が下りなかったり』

「意外と、苦労しているのね」

『みたいだな』

リュカオンを召喚したのも、活動が認められたら研究費が下りやすくなるからだったらしい。もちろん、スタンピートを止めるために、という気持ちもあったとは思うが。

「研究費がないのなら、うちのお父様に頼めばいいのに」

なんか、「パンがなければ、ケーキを食べたらいいじゃない」的な発言をしてしまった。

「うちのお父様、本当に困っている方にこっそりお金を貸すのが趣味なの」

『なかなか珍しい趣味を持っているのだな』

「ええ、そうなのよ」

イクシオン殿下にもプライドがある。格下の家柄の生まれである私に研究費の心配なんかされたくないかもしれない。だが、プライドがどうこうと言っている場合ではないだろう。

ジャガイモの収穫が終わったら、種蒔《ま》きを行う。今日、イクシオン殿下がするつもりだったらしいが、急遽メルヴたちに任せ、出かけてしまった。

『今日ハ、キャベツヲ、植エルヨ』

直接畑に種を蒔くのではなく、小さなポットに植えてある程度育ったら、畑に植え替えるらしい。

ピンセットで種を植え、優しく土を被せる。この地味な作業が、なんだか心癒やされる。前世では激務だったから、こんなゆっくりした時間は過ごしたことがなかった。

「なんか、種植え、すごく好きかも」

『イクシオン殿下モ、癒ヤサレルッテ、言ッテイタヨ』

『お主たち、本当に趣味が合うじゃないか』

「合わないから！」

植えた種に水を蒔いたら、本日の畑仕事はいち段落である。

「そういえば、ここの野菜って、すべてイクシオン殿下の宮殿内で消費している訳じゃないのよね？」

『ソウダヨ！　余ッタ野菜ハ、孤児院ヤ病院ニ、寄付シテイルンダッテ』

「へえ、そうなのね」

なるほど。無計画にだだっ広い場所で農業をしているわけではないと。

「うーん」

『どうしたのだ？』

「イクシオン殿下って、実はものすごい人なんだなーと」

『まあ、猛烈な努力家ではあるな』

イメージがガラリと変わってしまった。

英雄と呼ばれ、独身王族として皆の注目を浴びていたが、本人は地味でささやかなものに喜びを感じる素朴な人物のようだ。

『どうだ、惚《ほ》れ直したか?』

「惚れていないから、惚れ直しようもないけれど」

『辛辣だな』

イクシオン殿下が、王族でなかったら求婚に応じていたかもしれない。

ミュージカルなどで有名なオーストリア皇后エリザベートも、同じことを言っていたけれど。

いや、あの人は、なんだかんだいって皇帝フランツと結婚したが。

たくさんの人に祝福され、幸せな結婚をしても、ハッピーエンドとは限らないのだ。

結婚は人生の墓場だ、という言葉も残されている。

エリザベート皇后の場合、正にその言葉はぴったりと当てはまっていた。

さまざまな思惑と思想、政治の中でもみくちゃにされ、王室の決まりに従うことはできず、もがき、苦しみ、挙げ句に暗殺されてしまった。

きっとこの国も、王族となったら恐ろしい事態が待ち受けているに決まっている。

バッドエンドな未来なんて、ごめんだ。

せっかく生まれ変わったのだ。私は私の人生を、謳歌《おうか》したい。

誰にも邪魔されたくなかった。

収穫したばかりのジャガイモを手にしながら、ぼんやり考えていた。

そんな私に、思いがけない訪問者がやってくる。

メルヴがテポテポと走ってやって来て、報告してくれた。

『ハルピュイア公爵家ノ、エレクトラサンガ、アステリア様ニ、会イタイッテ』

「えー」

今、私は泥だらけで、ジャガイモで何を作ろうかということしか頭にない。

エレクトラと話をする気など、さらさらなかった。

けれど、会わなかったら反感を買ってしまうだろう。いや、もう、かなりの反感を買っていると思うが。

「あー、わかった。じゃあ、庭にご案内して」

宮廷内に上げないほうがいいだろう。

数分後、メルヴが戻ってきて、エレクトラが庭で待機しているという報告を受けた。

『オ客サンニ、オ茶、ダス？』

「粗茶でいいわ。粗茶で。いいえ、粗茶も必要ないわね。面倒くさいから、このままで会うわ」

私は半ば、ヤケクソな気分で、泥だらけのままエレクトラと面会を決意する。

「どういうことですの？」

「同じ言葉をお返ししますが」

ジャガイモを持ち、泥だらけの私を見たエレクトラは、ゴミに向けるような視線をぶつけてくる。

「エレクトラ嬢、何用で？　この通り、私はジャガイモ関連で忙しいのですが」

「何って、あなたがなぜ、聖獣の乙女に選ばれた上に、イクシオン殿下の婚約者となったのか、事情を伺いにまいりましたのよ」

まるで、私が悪いことをしたみたいに言ってくれる。

「なぜって、選ばれたのは、アストライヤー家のアステリアでした、みたいな？」

「訳がわかりませんわ！　わたくしが聞きたいのは、そういうことではありませんの！」

「えーっと、もっとわかりやすく説明してくれますか？　私、あんまり頭よくなくて」

エレクトラは顔を真っ赤に染め、拳を握りわなわなと震えていた。

わかりやすいほど、怒っていたのだ。

「あなたみたいな芋娘は、イクシオン殿下にふさわしくないと、言っていますの！　大金を積んで、得た地位ではありませんの？」

「ああ、ジャガイモを持っているから、芋娘だと」

「そういう意味ではありません。その芋のように、汚いものにまみれて、洗練されていなくて、無駄に大量にあるありふれた存在だと指摘したのです」

「なるほど！」

「なるほどではありませんわ」

手に持っていた扇を投げられてしまったが、白い毛玉がたたき落としてくれる。

何かと思ったら、リュカオンだった。いつの間にか、自分だけ土を落としてきれいになっている。

「きゃあ！　この子犬は、なんですの⁉」

昨晩、お披露目したばかりの聖獣リュカオンですが。

成獣と幼獣姿はあまりにもかけ離れているので、同一獣だと思えないのだろう。

「えーっと、こちらの子犬は、イクシオン殿下の飼っている、しゃべる犬です」

嘘は言っていない、嘘は。

いろいろ突っ込まれるかと心配していたが、エレクトラは素直に信じてしまった。

「イクシオン殿下の……？　そ、そうですの」

たたき落とした扇を踏みつけた状態で、リュカオンは振り返る。キリッとした表情で、私たちに宣言した。

『ひとりの男を争って、物理的な喧嘩をするでない、見苦しい』

イクシオン殿下がいたら、「私のために、喧嘩するな！」と仲裁することもできたが、あいにく不在だ。実に惜しいタイミングで出かけたものである。

ふたりの女性が自分をかけて争うなど、胸が熱くなるような展開だっただろう。

って、私は別に、イクシオン殿下を手にするつもりはないけれど。

『喧嘩をするならば、料理にしろ。もっともおいしい料理を作った者を、勝者とする』

「な、なんですの、それは⁉」

『女の戦いだ』

いきなり、ルールを語り始める。

『我は、イクシオンに寵愛《ちょうあい》されし存在である。勝利者を妃にしてほしいと訴えれば、イクシオンは頷くほかないだろう』

「本当ですの？」

『我は、嘘をつかない』

エレクトラは私のほうも見る。これは本当だと、頷いておいた。

『そうだな。テーマは、スープとしよう。調理時間の制限を設け、その時間内で作ったおいしいスープを我に食べさせた者を勝利者とし、イクシオンの妃として推すことを約束しよう』

エレクトラは料理人ではないので、実家から料理人を連れてきていいというルールを定める。ただし、エレクトラ自身もスープ作りに参加することを取り決めた。

『アステリア、この勝負は、お主にとっても旨味があるものだろう？』

「それは……まあ、そうね」

リュカオンがハルピュイア公爵家のスープを気に入ったら、イクシオン殿下の婚約者の座を譲ることができる。

『もちろん、受けるだろう？』

「ええ」

プロの料理人と勝負できるなんて、ドキドキしていた。こんな機会など、めったにない。

双方が納得できる、いい勝負を考えてくれたものだ。さすが、自称最強聖獣である。

調理時間は五時間。とっておきのスープを準備して、再びこの場で会うこととなった。

リュカオンは、私の調理を見ていたら食べたくなって公平な判断ができないため、しばし寝ると宣言していなくなった。

ころんと転がって、もちもちのお腹を上下させながら眠り始める。


ひとり、厨房に立つ。

どんなスープを作ろうか。厨房の食材を確認しつつ、考える。

腕組みしながら物思いに耽《ふけ》っていたら、廊下からメルヴたちの叫び声が聞こえた。

『ソッチニ、行ッタヨ～～‼』

『ワア～～‼』

何事だろうか。廊下のほうへ顔をのぞかせると――巨大ウサギがこちらへ走ってきていたのだ。

中型犬くらいの大きさだろうか。ウサギにしては、大きすぎる。

「うわっ！」

ウサギはぴゅうと、風のように走り去る。どうやら、家畜小屋から脱走したウサギらしい。

巨大ウサギの走ったあとを、てぽてぽとメルヴたちが追いかけていた。一生懸命駆けているようだけれど、あのスピードではいつまで経っても追いつかないだろう。

「メルヴ、私に任せて‼」

『アリガト～～！』

全力疾走で、巨大ウサギのあとを追う。

王太子付きの騎士から逃げ切ったこの俊足を、知らしめる日がきたようだ。

コーナーもバランスを崩さず曲がり、風を切りながら追いかける。

幸い、行き止まりに追い詰めることができた。

あとは、メルヴたちがツルで捕獲してくれる。

『ワ～イ！』

『アリガトウネ～！』

「いえいえ。ところで、このウサギは、どうして脱走したの？」

『今カラ、解体シヨウト思ッテ』

『オ肉ニ、スルノ！』

「そ、そうだったのね」

命の危機を感じて、逃げ出したらしい。定期的に家畜を解体し、冷凍保存しているようだ。家畜の肉も、一部だけイクシオン殿下の分として取り置き、残りは寄付しているとのこと。

「あ、そうだ。夕食用に、ほんのちょっとでいいからウサギ肉をもらえる？」

『イイヨ～』

『今カラ解体スルネ』

厨房に戻って三十分後に、メルヴたちはウサギ肉を持ってきてくれた。

『オ待タセ！』

『ウサギ肉ダヨ！』

「ありがとう」

ウサギ肉を受け取った瞬間、スープの着想が思い浮かぶ。

「よし、じゃあ、ウサギ肉とさっき収穫したジャガイモを使って、スープパイを作ろう！」

それは、前世で勤めていたレストランでも、人気のメニューだった。スープパイ目的で、やってくるお客さんも多かったくらいだ。

まず、鍋に鳥ガラ、ウサギ肉の赤身、ジャガイモ、タマネギやニンジン、キノコなどの野菜を丸ごと入れ、しばし煮込む。

続いて、パイ生地に取りかかった。小麦粉に牛乳、溶かしバターを加え、なめらかになるまで練っていく。

まとまった生地を伸ばし、バターを練り込んで折りたたんでさらに伸ばす。そんなことを何度か繰り返す。

途中、布に包んで一時間ほど休ませる。その間、煮込んだ野菜のあく抜きをしたり、スープパイを作る深皿を選んだりと忙しい。

煮込んでいた鍋の材料がくたくたになったら一度漉す。そして、残った煮汁の中に、ひき肉と卵白、それからすったジャガイモ、ニンジン、タマネギを混ぜたものを入れた。すると、煮汁のあくを卵白がどんどん吸い込んでくれるのだ。

さらに漉して、ぐつぐつ煮込む。液体が澄んできたら、ウサギ肉のスープの完成だ。

深皿に、琥珀《こはく》色のスープを注ぐ。具は、あえて何も入れない。パイ生地を被せて焼くことにより、スープの旨味をさらに濃縮させるのだ。

パイ生地に卵黄をたっぷり塗り、温めた窯で焼く。

ふっくら膨らんでいく様子は、飽きずにいつまでも見ていられる。

実においしそうな、スープパイが完成した。

五時間の調理時間は、あっという間に過ぎていく。

＊＊＊

どっぷりと日が沈んだイクシオン殿下の庭に、魔石灯を設置し、会場を明るく照らす。

エレクトラは腰に手を当て、自信ありげな様子で立っていた。背後には、細長いコック帽を被った料理人ふたりを従えている。きっと、最高のスープを作ってきたに違いない。

私も、全力を尽くしてスープを完成させた。自慢の一杯が、今、目の前にある。

『さて、今から試食をしようか』

ちなみに、どちらがどちらのスープを作ったか、明かさずに食べてもらう。そして、おいしいほうを、選んでもらうのだ。

庭にテーブルが置かれ、ドーム状の蓋が被されている。

『では、こちらからいただこう』

メルヴが、指し示されたほうの蓋を開く。

出てきたのは――牛テールのスープだった。さっそく、リュカオンはスープを飲む。

『こ、これは！』

メルヴが工夫した点を読み上げる。

なんとこのスープは、牛を一頭まるごと煮込んだスープらしい。そんなの、極上のスープに仕上がるに決まっている。

『肉も、夢のように柔らかいぞ！　舌が、とろける！』

エレクトラは、極上のスープを用意させたようだ。

まさか、たった五時間でここまでのスープを仕上げるなんて。

悔しくて、ぎゅっと奥歯を噛みしめる。

『ふむ。では、もうひとつのスープを食べようか』

できるかぎりの力を込めた。手抜きは、いっさいしていない。渾身の、パイ包みスープを堪能してもらいたい。

工夫した点を、メルヴに読んでもらう。

『エーット、スベテノ〝オイシイ〟ヲ、スープニ詰メコミマシタ。ゴ賞味アレ！』

『ふむ。なるほどな』

メルヴが蓋を開く。パイがこんがりと焼けたスープが出てきた。

『おお、パイで蓋をしているスープか。珍しいな』

くんくんと匂いをかいだあと、肉球でパイ生地を崩す。

『ホロホロと崩れる。中のスープは……む、具がないな』

そのままでは食べにくいので、メルヴがスプーンに掬って食べさせてくれるようだ。

まずは、スープだけを掬う。

『むうっ⁉』

リュカオンの目が、カッと見開いた。

『濃い！　なんだ、この濃さは！　世界の天と地が交ざり合った、至福の一杯であるぞ！』

どういうことなのかと、ハルピュイア公爵家陣営は不思議そうな顔をしている。

スープには大空を舞うホロホロ鳥のガラと、豊かな大地で育ったウサギ肉や野菜の旨味が濃縮している。だから、あのような表現をしたのだろう。

『サクサクパイとの相性も、すばらしい。生地のバターの風味が、スープの味わいを濃厚なものにしてくれる！』

それからリュカオンは、尻尾を振りながら無言でスープを飲みきった。

『ふう。もう、勝敗は決まったぞ』

リュカオンはエレクトラと私を交互に見る。口の端をわずかに上げながら、勝利した方のスープの名を口にした。

『勝者のスープは、パイ包みスープだ！』

エレクトラは膝から頽《くずお》れる。それを、慌てた様子で侍女が支えていた。

私のスープが、ハルピュイア公爵家の料理人に勝ったのだ。嬉しくて、その場で飛び跳ねてしまう。

「やったー！」

『やはり、お主のスープだったか』

「ええ！」

『おいしかった』

「そう言ってくれたら、頑張って作った甲斐《かい》があったわ」

審査結果に納得いかないエレクトラが、説明を求める。

「どうして、ハルピュイア公爵家伝統のスープは負けてしまいましたの？」

『ただ、料理を作るだけではダメなのだ』

「どういう、意味？」

「お主らのスープには、野心、野望、下心など、人の黒い感情が溶け込んでいた。それが、舌触りを悪くしていたようだ」

「そ、そんなの……！」

『我がおいしいと感じるのは、気持ちの部分が多い』

私のスープには、ただただ〝おいしく食べてほしい〟、〝スープを食べて、元気になってほしい〟などと、食べる人を想う気持ちしか溶け込んでなかったとリュカオンは評価してくれる。

『気持ちがこもっている料理は、ことさらおいしく感じる。もちろん、味も重要視していたが』

この説明でも、エレクトラは納得いかなかったようだ。生まれたての子鹿のように立ち上がり、私をキッとにらみながら叫ぶ。

「でも、ハルピュイア公爵家の五百年の歴史と共に作り続けられていた伝統のスープが、素人が作った浅いスープに負けるなんて――！」

『たしかに、スープのコク、深みだけであれば、牛テールのスープのほうが勝っていた』

「だったら！」

『しかし、このスープは、五時間では作れないだろう？』

エレクトラは背後の料理人を振り返る。誰も、目を合わせようとしない。

「あなたたち、本当ですの？　これは、作り置きしていたスープでしたの？」

責任者らしき料理人が、苦渋の表情で頷いた。

『当たり前だ。牛一頭使ったスープを、たった五時間で作れる訳がなかろうに』

「なんてことを！」

料理に込められた感情を抜きにしても、ハルピュイア公爵家陣営は負けていたのだ。

エレクトラは顔を真っ赤にして叫ぶ。

「アステリア・ラ・アストライヤー！　覚えていなさい！」

まるで物語の悪役のような捨て台詞を残し、エレクトラは走って逃げていった。


『嵐が去ったな』

「本当に」

なんだか疲れたけれど、久しぶりに気合いが入った料理をしたので、楽しかった。

やっぱり私は料理が大好きなんだなと、改めて気づいた。

イクシオン殿下は『人は何度生まれ変わろうが、きっと性根は変わらない』と言っていたが、正にその通りなのだろう。

『お主が婚約者の座を守ってくれたおかげで、平穏が戻ってきたぞ』

「あー！」

『どうした？』

「こ、この勝負でわざと負けていたら、私、イクシオン殿下との婚約を破棄できたのに！」

『気づいていなかったのか？』

「うう……！」

だって、漫画みたいに料理バトルする展開なんて、現実世界ではあることではないし。ついつい、燃えてしまったのだ。

「再戦！ 再戦を、希望するわ！」

『ハルピュイア公爵家の料理人の鼻先をへし折ったのだ。再戦など、するわけがないだろうが』

「そ、そんな～～！」

『それに、勝負をしたとしても、イクシオンが認めないだろうな』

「え、そうなの？」

『そうだとも。あれは頭が固い。ダイヤモンドより固いだろう。自分がこうすると決めた物事は、誰が何と言おうと変える男ではない』

「だったら私との結婚も、無理矢理進めるってことじゃない？」

『まあ、そうだな』

父がなんとかしてくれるだろうと信じていたが、もしかしたら押し負けるかもしれない。

いいや、頭の固さならば、父も負けていない。きっと、イクシオン殿下にも勝る固さだろう。

どうか、お金の力で華麗に解決してほしい。切に願う。

『そういえばイクシオンだが、お主の実家に直接赴いているそうだぞ？』

「ええ、そんなバカな！」

書簡でのやりとりをするとばかり思っていたのに、わざわざ馬車で三日もかかるアストライヤー家の領地まで行っているなんて。

「ちょっと出かけてくるって、アストライヤー家の領地だったの？」

『みたいだな』

イクシオン殿下との直接対決だなんて。顔が見えない手紙ならまだしも、顔を突き合わせた状態では、きっぱり断るのも至難の業だろう。

今からイクシオン殿下と面会する、実家の父親が心配だ。

『これで、イクシオンのお主との結婚に対する本気度が、よ～くわかっただろう？』

「ううっ……！」

どうしてこうなったのだと、頭を抱えてしまった。（※一日ぶり、二回目の叫び）

第三話　追跡の『鯖サンド』？

十日後、イクシオン殿下が宮殿に戻ってきた。

私は父との話し合いの結果を聞くため、走って出迎えに行く。

「イクシオン殿下、お帰りなさい」

「ただいま戻った」

「ずっと、待っていたのよ」

「そうか」

イクシオン殿下は口元に手を当て、私から顔を逸らす。

「あの、どうかしたの？」

「いや、そのように、歓迎されるとは思っていなかったものだから」

どうやら、照れていたようだ。

歓迎なんてしていないから。ただ単に父との話を、聞きたかっただけで。

「迎える者がいるのは、悪いものではないな」

その気持ちは――わからなくもない。社会人になってからひとり暮らしを始めたのだが、誰もいない家に帰るのはなんと味気ないことか。

仕事が忙しくて、猫や犬なんて飼えなかったし。寂しい前世だった。

イクシオン殿下も同じように、リュカオン以外傍に置いていなかったのだろう。

いや、リュカオンがいるから、私はいらないのではないか。そう思ったが、リュカオンはイクシオン殿下の出迎えなんぞしないのだろう。

それはそうと、父はなんと答えたのか。イクシオン殿下の腕を引いて居間まで連れて行き、詳しい話を聞く。

「それで、父はなんて言ったの？」

「結婚は許せないと」

心の中で、「よっしゃ！」とガッツポーズを取る。予想通り、父はイクシオン殿下と私の結婚を、きっぱり断ってくれた。さすがだ。実家に帰ったら、肩叩きでもしてあげよう。

「それに対し私は、許可してくれなければ、ここから出て行かないと返した」

対するイクシオン殿下も強力だ。さすが、ダイヤモンドより頭の固い男である。

「父はなんて答えたの？」

「とても、王家の嫁に出せるような娘ではないとキッパリ」

十六年間生きてきて、初めて父をカッコイイ、しびれると思った。その調子で、イクシオン殿下をこてんぱんにしてほしい。

「そこから三時間くらい、帰っていただきたい、いや、帰らんの応酬をしていた」

「お父様……！」

考えていた以上に、父はイクシオン殿下に対して大奮闘をしていたようだ。勲章ものの大活躍だろう。

頑張った父に、心の中で勲章を贈る。

「最終的に平伏して頼んだら、アステリアを嫁に出すと、しぶしぶ頷いてくれた」

「何をしてくれたの⁉」

王族が臣下である貴族に頭を下げるなんて、あってはならないことだ。

それなのに、このポンコツ王子は父相手に土下座したと。

「頭が痛くなるわ」

「奇遇だな。私も、アストライヤー卿の頭の固さに、頭痛を覚えた」

「違うわよ。あなたの奇想天外な行動に、頭が痛くなったの」

こめかみを揉《も》んでいたら、イクシオン殿下は懐から一枚の紙を取り出す。

折りたたまれていたものが開かれた瞬間、「ああ」という絶望の溜息がでてしまった。

それは、父が書いた結婚許可証だった。

「そんな訳で、私たちの結婚は許可された」

すぐに破いて捨てようと思ったが、イクシオン殿下が回収して懐にしまうほうが早かった。

「あなた、私みたいなのと結婚して、後悔するわよ」

「私の人生に、後悔の二文字はない」

カッコよく言ったが、「うるせー」と口悪く返したくなった。

「それはそうと、私の不在中に、別の問題が生じているらしい」

「もしかして、ハルピュイア公爵家から抗議が⁉」

「なぜ、ハルピュイア公爵家から抗議がくる。先日勝手にハルピュイア公爵家の娘が宮殿内に入ってきたと耳にしたから、こちら側から抗議しておいた」

「なんてことを！」

楽しい料理対決だったのに、抗議するなんて。二度と来てくれなくなるではないか。

「なぜ、入場を許したのだ。ここは、私の聖域なのに」

「いや、私に拒む権利はないといいますか、なんといいますか」

「あるだろう。そなたは、私の婚約者なのだから」

「そんなことを言われましても」

私もイクシオン殿下に抗議しようとしたが、真剣な面持ちで王家の問題を語り始めてしまった。

「実は、兄とセレネ姫の婚約が破談となってしまったのだ」

「へー、それはそれは思いがけない事態になって……ええーっ⁉」

兄というのは、王太子カイロス殿下だろう。可憐な姫君との婚約が決まって、祝福ムードに包まれていたのに、なぜ突然婚約が破談となったのか。

「婚約破棄の申し出は、セレネ姫のほうからだったらしい。兄上の気持ちが、セレネ姫ではなく、ほかの女のほうを向いていると」

「うわあ……」

女の勘だろうか。カイロス殿下がほかの女性にうつつを抜かしていることに気づき、あえて身を引いたのか。それとも、浮気と判断したのか。わからないけれど大問題だろう。

「社交界は大騒ぎになっているようだ」

「それはそうでしょうね。結婚が決まっていた王太子の婚約者の座が、急に空いたのだから」

浮気相手は夜会の晩に密会していた、人妻っぽい三十前後の女性だろう。

カイロス殿下は騒ぎを反省し、おとなしくしていると思いきや、とんでもないムーブをかましていた。なんと、浮気相手の女性が落としたらしい靴を拾い、持ち主を探しているらしい。

まさか、身元のわからない女性と関係を持とうとしていたなんて……。

「兄上が庭で拾った靴の持ち主を探しているものだから、我が我がと、女性たちが押しかけているらしい」

「それ、なんてシンデレラ?」

「なんだ、〝しんでれら〟とは?」

「魔法使いの力で姫君に変身した平民が、王子と恋に落ちたけれど、魔法が解ける時間になって王子の前から名前も名乗らずに逃げてしまったの。それで、王子は靴が合う女性を国中から探し、ふたりは出会ってめでたし、めでたし、みたいな物語よ」

この世界にも、似たような恋物語があった。ガラスの靴ではなく、どんなステップでも踏める魔法の靴だったけれど。

「なるほど。その物語と同じだと思った者たちが、押しかけているわけなのか」

「だと推測するわ」

「兄は、その女性を見つけて、何をするつもりなのか」

「あなたは運命の女性です。結婚してください、と申し込みたいのでは？」

「池の中に落ちていた靴の持ち主と？」

「ぶはっ‼」

飲んでいたお茶をすべて噴き出してしまった。メルヴたちがすぐにテテテーとやってきて、口やドレスを丁寧に拭いてくれる。や、優しい……。

カイロス殿下の不貞の場を目撃し、見つかってしまった挙げ句、逃走の邪魔になるからと踵の高い靴を池に投げ捨てたのは、紛《まぎ》れもなく私だ。

カイロス殿下は、私がセレネ姫に不貞の秘密をしゃべったのだと思っているのかもしれない。誤解だ。私は、あの濃密な場面について、誰にも話していなかった。

「アステリア、大丈夫か？」

「え、ええ……」

先ほど、マーライオンのように紅茶を噴き出したのに、お咎めなしだった。それどころか、心配までしてくれる。

イクシオン殿下はかなり大きな器を持つ、心優しい男なのだろう。

それはそうと、カイロス殿下は靴の持ち主を探し出し、セレネ姫との婚約が破談になってしまったと抗議するつもりなのかもしれない。

絶対に、私だとバレてはいけないだろう。恐ろしいにもほどがある。

「それで、兄上から調査を頼まれてしまい」

「ええっ……」

イクシオン殿下の手によって、テーブルの上に私が履いていた靴がそっと置かれた。

「な、なんで、ここに⁉」

「靴はふたつあるからと、片方押しつけられた」

どこからどう見ても、私の靴だ。馬車に乗るときの踏み台の角にぶつけた傷までも、たしかに存在する。

「あ、あの、イクシオン殿下、靴は、テーブルに載せないほうがいいかと」

「今はそのようなことを気にしている場合ではない」

そうは言っても、気になるものは気になるのだ。心の安寧のためにも、即座に下ろしてほしいものだ。

イクシオン殿下はあろうことか靴を手に取り、じっと眺める。

「靴の持ち主の女、足が小さいな。こんなに小さくて、きちんと歩けるのか」

——大丈夫です。それを履いて、全力疾走していたので。

なんて、答えられる訳がなく。

「兄ではないが、私もこの靴の持ち主と会ってみたくなった。妖精のように、小柄な女性なのだろうな」

——今、目の前におりますが。なんて言える訳もなく。

大変なことになってしまった。どうして、王都にやってきてから私の周りではトラブルばかり起きてしまうのか。

はーと深い溜息をつき、これからについて質問する。

「それで、今からその靴の持ち主を探しに行くの？」

「いや、魔道解析器に靴をかける」

「魔道、解析器？」

「そうだ。わずかに残る魔力残滓《ざんし》から、持ち主の特徴を読み取り、おおよその人物像を絞り出す、私の発明の傑作のひとつである」

「へー……え⁉」

異世界のＤＮＡ鑑定やー！　なんて、驚いている場合ではない。

なんて品物を所持しているのか。さーっと、血の気が引いていった。なんとかして、止めなければ。

「あの、イクシオン殿下！」

「なんだ？」

私がイクシオン殿下を止められる術といったら、ひとつしかない。料理だ。

「お腹、空いていない？」

「言われてみたら、空いているな」

「何か、作りましょうか？」

「そうだな。では、魚料理でも作ってもらおうか」

「ええ。わかったわ」

「養殖場に魚を捕りに行こう」

どうやら、養殖場も宮殿内に作っているらしい。すべての部屋を見て回ったわけではないので、まだまだ知らない施設があるのだろう。

「部屋は、メルヴに案内してもらったか？」

「もちろん。驚いたわ。畑や田んぼ、家畜小屋に草原まであるんだもの」

「どれも、自慢の魔道具だ。製品化はできないがな」

「今までの発明品の中で、製品化できた魔道具はあるの？」

「ない。私の魔道具は便利だと誰もが申してくれるが、材料費が高いので需要はないと言われてしまった。父やアイオーン兄上は、私の発明はなんの役にも立たないと批判したが、カイロス兄上だけは、よくやっていると認めてくれた。発明した魔道具はいつか、実用化させたいとも」

「そう、だったのね」

いつも励ましてくれたカイロス殿下が困っているので、イクシオン殿下は助けになりたいようだった。

「そういえば、もうひとりのお兄様はどんなお方なの?」

「アイオーン兄上は……」

話し始めた瞬間、イクシオン殿下の顔色が悪くなる。

「とても、恐ろしい人だ。いつも、私を見ると、引きこもるな、働けと叱る」

「そ、そうなのね」

神職に就き、教会の頂点に立つお方だが、パーティーなどの華やかな場には出てくる機会はほぼないらしい。その代わり、教会の儀式の日は、かなりの高確率でお目にかかることができるのだとか。

「いつもいつも、呪いのように〝王族の務めを果たせ〟と説教する」

「なるほど」

カイロス殿下とアイオーン殿下は、イクシオン殿下に正反対の接し方をしているようだ。

「アイオーン兄上は、私が好きではないから、怒ってばかりなんだ」

「それは違うわ。何も思っていない相手に、注意や忠告なんてしないから」

「そうなのか？」

「そうなのよ。誰かに意見することは、とても疲れるから。わざわざ好きでもない相手に、するはずないもの」

これは前世で、すごく厳しかったスーシェフの指導を、あとからあれは愛だったのだと気づいたことがあったから言えるのだ。

前世の記憶や経験があるから分かることを、イクシオン殿下に伝えた。

「厳しくするのも、愛なの」

「知らなかった」

イクシオン殿下の兄君は、飴役と鞭《むち》役をきれいに使い分けているのだろう。

それは、弟を深く愛しているからなのだ。

イクシオン殿下は移動する間、カイロス殿下より託された靴を、赤子を胸に寄せるように抱きしめて歩く。

「あの、その靴、持ち歩く必要があるの？」

「盗まれたら困るからな」

全国の女性を熱狂させている靴なので、心配なのだろうか。

「イクシオン殿下、私が持とうか？」

「これは、私が兄上から預かった靴だ。手放すわけにはいかない」

どうやら、イクシオン殿下はカイロス殿下大好きっ子のようだ。靴が私の物ではなかったら、微笑ましく思っていただろう。

「珍しく、兄が私を頼ってきたから、かならず、この靴の持ち主を見つけなければならない」

「……そうね」

そんな話をしているうちに、魚の養殖を行っている部屋にたどり着く。

扉を開くと、頭にねじり鉢巻きを結び、ゴムのエプロンをかけたメルヴの姿があった。

『ラッシャーイ！』

『ラッシャイ！』

心なしか、働くメルヴたちも威勢がいいような。

それにしても、すごい。部屋の中が養殖場のようになっていた。水に手を浸して口に含んでみると、きちんとしょっぱい。海の水だ。

「あまりのぞき込むなよ。深さは十メートル以上ある」

「そんなに深いんだ」

「おそらくだが」

「おそらく?」

「ここは、海の一部を切り取って、持ってきているような空間なのだ」

「じゃあ、これは本物の海なのね」

「そうだ。ちなみに落ちたら、海とこの部屋をつなげる術式から生じる空間に体が引き寄せられて、二度と地上に上がれなくなる」

「怖いことをさらっと言わないで」

慌てて海面から距離を取った。背伸びをして、海中をのぞき込む。

魚が悠々と泳いでいて、時おり銀色の体をキラリと光らせていた。

「アステリア、どのような魚を所望する?」

「あそこを泳いでいる、鯖っぽい魚」

「マクレーレだな」

この国では、鯖を〝マクレーレ〟と呼んでいるらしい。なかなかカッコイイ名前だ。

メルヴは自分の体長以上の長さの網を操り、鯖を獲ってくれた。

体長五十センチほどの、立派な鯖である。もしかしなくても、メルヴより大きいだろう。

メルヴはビチビチ暴れる鯖を、持ってきてくれる。

「えっと、棒か何か叩く物を」

「棒で何を行う？」

メルヴが麺棒を渡してくれるのと、イクシオン殿下の質問は同時だった。

とりあえず、ビチビチ跳ねる鯖をおとなしくさせる。麺棒を振り上げ、眉間に強力な一撃をぶち込んだ。一発で、鯖は動かなくなる。

「と、こんなふうに、魚を失神させるのに使うの」

「そ、そうだったのか」

イクシオン殿下は明らかに引いていた。少々暴力的だったからだろう。ビチビチさせたままだったら、魚はさばきにくくなるので仕方がないのだ。

レストランで働いていたときも、新鮮な魚が毎日届けられていた。まな板の上で跳ねる魚を、出刃包丁の背で叩く日々だった。

「アステリア、なぜ、ここで殺さない？」

「殺したら魚の体に血が巡り、雑菌が繁殖した結果、まずくなるのよ」

「ああ、なるほど。だから、調理を始める直前まで、失神させるのか」

イクシオン殿下は頷きながら、動かなくなった魚を興味深そうに見つめている。

そのタイミングで、脇に抱えていた靴を、海に落としてしまった。

ポチャン、という音が聞こえる。

「あ！」

「ん？」

海のほうを指さすと、イクシオン殿下は沈みゆく靴を目にしたのか、顔色が海色に染まっていった。

飛び込もうとしたので、慌てて体に抱きついた。

「止めて、死ぬから！」

「兄上の大事な靴が！」

「大事な靴じゃないから！」

「どうして、決めつける！」

「私の靴だからよ‼」

ついに、言ってしまった。イクシオン殿下は、油が切れたからくり人形のように、ギッギッギッと、ぎこちない動きで私を振り返る。

「なぜ、兄上がアステリアの靴を持っている？」

「それは――」

「まさか、兄上は舞踏会でアステリアにひと目惚れしたのか？」

「絶対にないから」

「なぜ、きっぱりと言い切れる？」

「事情があるのよ」

どうしようか迷った。しかし、これだけ大騒ぎになってしまえば、私ひとりだけで抱えきれる問題ではないだろう。仕方がないので腹をくくり、イクシオン殿下に当時の事情を語ることに決めた。

「詳しい話をするから、イクシオン殿下、そこに座って」

「承知した」

イクシオン殿下は、失神させた鯖の前に片膝を突く。

「実は、私は舞踏会の夜、庭で、人妻っぽい女性と仲睦まじい様子を見せるカイロス殿下を、目撃してしまったの」

「ありえない。兄上が、そんな不貞を働くはずがない」

「でも、たしかに見たわ」

目撃したところをカイロス殿下に気づかれ、怖い顔の護衛が追ってきたので私は逃げた。そして、踵の高い靴での逃走は難しいため、池に靴を捨てたと。

「そのあと、庭師の荷車の中にもぐりこんで、ここにたどり着いたのよ」

「そうか。だから、アステリアはここに入ることができたのだな」

ちなみに、庭師だと決めつけていた人は通いの商人で、週に一度注文していた品物を小屋に届けるために特別に出入りしているのだとか。

「あの日、アステリアと出会えたのは、リュカオンと兄上の導きだったのだな」

そんなふうに、しみじみ言われても……。

「きっと、カイロス殿下は私がセレネ姫に不貞を告げ口したのだと、思っているのかもしれない」

「それはどうだろう？　兄上は、証拠がないことで疑う人ではない」

「だったらなぜ、私を探しているの？」

「それは……もしかしたら、〝しんでれら〟のように、アステリアを見初めた可能性が高い」

「それはないない、絶対ない」

呼び出されて、説教されるに違いない。

「アステリアは兄上に会いたくないのか？」

「できるならば」

「わかった。このことは、黙っておこう。靴も、失くしたと主張したらいいだろう」

「尊敬するカイロス殿下に、嘘をつくの？　本当に、それが許されるの？」

「さすがの兄上でも、アステリアを取られたら困るから」

……だから、それはナイから。どうせ否定しても聞かないので、突っ込まないけれど。

なぜ、ここまで気に入られたのか謎だが、イクシオン殿下に嘘をつかせるわけにはいかないだろう。

「このあと、カイロス殿下に面会に行きましょう。正直に、私ですと言うから」

「アステリア、無理はしなくてもいい」

「のぞいた私も悪いから、きっちり謝罪させていただくわ」

「でも、兄上がアステリアを望んだら、私は――」

だからナイってば、という突っ込みをゴクンと飲み込み、なるべく優しい声で諭すように指摘した。

「お父様の結婚許可証があるのでしょう？　イクシオン殿下が持っている限り、いくらカイロス殿下でも破棄はできないと思うけれど」

「そうだ。私たちには、結婚許可証があった」

イクシオン殿下をおとなしくさせることに成功し、ホッと胸をなで下ろす。

「カイロス殿下のもとに行く前に、食事にしましょう」

「そうだったな」


鯖を使って、昼食を用意する。

イクシオン殿下はカイロス殿下に先触れを書くという。その間に、ちゃっちゃと作ることにした。

料理を始めようと腕まくりしていたら、リュカオンがやってくる。

『何を作っている？』

「できてからのお楽しみ」

そう答えるとリュカオンは追求せず、ふわふわの尻尾を振ったまま待ってくれる。

まず、鯖を三枚おろしにしてピンセットで骨を抜いたあと、白ワインで臭み消しをする。醤油とみりんで味付けしたいけれどないので、すりおろしたショウガと牡蠣《かき》ソースを馴染ませた。

続いて、ソースを作る。酢と砂糖、塩、生唐辛子を混ぜて煮詰めるだけ。ニンニクも入れたいところだけれど、カイロス殿下と面会するので使わないでおいた。

とろみがついたら、なんちゃってスイートチリの完成である。

そろそろ鯖に味が馴染んだ頃だろう。身に片栗粉《かたくり》をまぶし、油でジュワッと揚げる。キツネ色になったら、油を切ってあげるのだ。鯖の竜田揚げの完成である。

昨日焼いたバゲットに切り目を入れ、レタスとスライスしたトマト、鯖の竜田揚げをサンドする。竜田揚げにスイートチリをかけたら、〝鯖サンド〟の完成だ。

『おお、揚げた魚を挟むとは、珍しいな。実に、おいしそうだ！』

これはレストランの持ち帰り専用裏メニューだった。オーナーが長崎《ながさき》旅行に行った際に食べた鯖サンドがあまりにもおいしかったので、独自のアレンジを加えてレシピを完成させたらしい。

ちなみに、本家鯖サンドにはスイートチリソースはかかっていない。長崎の新鮮な鯖は、ソースをかけなくてもおいしく仕上がっていたのだとか。

私も一回は食べに行きたいと思っていたが、長崎に行く前に過労死してしまった。本当に、無念だ。

長崎へ思いを馳せつつ、フルーツティーを用意する。

『アステリア、準備はできたか？』

「ええ」

ワゴンに鯖サンドとフルーツティーを載せ、転移魔法でイクシオン殿下の私室へと飛んだ。

「うわあ！」

またしても、イクシオン殿下を驚かせてしまう。今日は、椅子から転げ落ちることはなかったけれど。

『食事の準備ができたぞ！』

「承知した」

イクシオン殿下の部屋にあった小さな円卓に鯖サンドを並べ、食事の時間とする。

神々に感謝の祈りを捧げ、いただきます。

まず、リュカオンが元気よくかぶりついた。尻尾がピンと立ったあと、すばやく左右に振り始める。

『なんだ、このサクサク衣に包まれた魚は！　油という大海を泳ぎ、黄金の鱗《うろこ》をまとって王者となったようだ！　うまいぞ！』

牡蠣ソースで代用した竜田揚げだったが、案外いい感じに味がついていた。醤油とみりんがなくても、なんとかなるのだ。

イクシオン殿下はナイフとフォークで上品に食べていた。頷きながら、感想を言ってくれる。

「マクレーレにこのような調理法があるとはな。ソースも、ピリッとした中にほんのりと甘みを感じて、よいアクセントとなっている」

私も鯖サンドにかぶりつく。衣はサックサクで、鯖は脂が乗っている。スイートチリソースの辛みが利いていて、どんどん食べたくなるおいしさだ。

「そういえば、兄上も私の部屋で育てた魚を食べたいと言っていた。アステリア、兄上の分も、マクレーレのサンドを作ってもらえるか？」

「私の料理でいいの？」

「アステリアの料理がよいのだ。頼む」

「わかったわ」

メルヴが運んでくれた鯖をさばき、再び鯖サンドを作る。護衛の人たちもいると想定し、多めに作っておいた。カゴに詰めていたら、リュカオンが尻尾を振って期待に満ちた目を向けていた。もしかして、まだ食べたいのか。

「リュカオンの分は、こっちに取っておくから」

『感謝する！』

なんだか全身油ぽくなっているので、一回お風呂に入ってからカイロス殿下との面会に挑む。

せっかくなので、イクシオン殿下に賜ったドレスを着てみる。ひとりでまとうことはできないので、メルヴたちに手伝ってもらった。

メルヴたちは頭から生やしたツルを器用に操り、背中のボタンを留めたり、髪を結んでくれたりした。

ドレスは袖にほどこされた二重のレースが美しい深い青のアフタヌーン・ドレスに決めた。髪型は四つ編みに結ってもらい、真珠が連なったカチューシャを差す。

化粧までも、メルヴが施してくれた。

メルヴの葉っぱから作った化粧品を塗ったら、驚くほど肌がもっちりツルツルになった。売って欲しいと強く思う。

たくさんのメルヴが手伝ってくれたおかげで、身支度は一時間ほどで調った。

鯖サンド入りのカゴを持つメルヴたち、リュカオンと合流し、イクシオン殿下の部屋へ魔法で転移する。

「なっ、うわっ‼」

半裸のイクシオン殿下が、ぎょっとした様子で転移してきた私とリュカオンを見る。

どうやら、お着替え中だったようだ。私と同じように、メルヴたちが手伝っている模様。

『なんだ、お主はまだ、身支度が調っていなかったのか』

「髪を梳《と》かすのに、思いのほか時間がかかってしまったのだ」

お前はドッグコンテスト出場前のアフガン・ハウンドか。なんて突っ込みは伝わらないため、喉から出る寸前でゴクンと呑み込んでおく。

「アステリアは、もう終わったのだな」

「私も、メルヴが手伝ってくれたから」

「そうか。そのドレス、なかなか似合っている」

半裸で褒められても、「早く服を着ろ」としか思えない。非常に残念な気持ちになった。

イクシオン殿下はカイロス殿下と会うからか、いつも以上に服装に気合が入っていた。悔しいけれど、見た目だけは最高のイケメンである。

リュカオンの転移魔法で、カイロス殿下の私室へ移動した。

部屋の前辺りに着地するのかと思いきや、いきなり部屋に降り立ってしまう。

小さな悲鳴がいくつか上がった。カイロス殿下が弾かれたように立ち上がるが、イクシオン殿下の姿を確認し、ホッと息をはく。

「イクシオンだったか」

「兄上、すまない。まさか、ここに直接降り立つとは、想定外だった」

「聖獣の力だな？」

カイロス殿下は、私が抱き上げる子犬の姿のリュカオンを見て、驚いていた。

「その小さき犬が、聖獣リュカオンか？」

「普段は、このように小さな姿でいる」

「そうだったのだな」

部屋にはすでに、先客が座っていた。

十六歳くらいの金髪碧眼《へきがん》の美少女に、舞踏会の夜に見かけた人妻らしき美しい女性。

それから、なぜかエレクトラも腰かけている。

女性陣の空気は重たく、どこか気まずげであった。

戦々恐々としつつ、椅子に腰かける。膝に置いたリュカオンは尻尾をくるりと巻き、おまんじゅうのように丸くなっていた。イクシオン殿下は私の隣に座る。

カイロス殿下より、紹介がなされた。

「こちらは、テティス国のセレネ姫だ。隣は、ハルピュイア公爵家のエレクトラ嬢。そして、彼女は私の元乳母で、シールドライト伯爵夫人だ」

舞踏会の晩、一緒に過ごしていたのは元乳母だったのか。あまりにも若すぎると思ったが、十六で子どもを産み、乳母に指名されたらしい。カイロス殿下と同じ年の息子を持つ女性には、とても見えない。美魔女と言えばいいのか。ちなみに年齢は、四十一歳らしい。

「兄上、彼女たちは何をしにここに？」

イクシオン殿下が問いかけた瞬間、空気がピリッと震える。特に、セレネ姫の瞳はギラつき始めた。カイロス殿下は、居心地悪そうに咳《せき》払いを繰り返す。

「私はここ数日、この靴の持ち主である女性を探していた」

私のもう片方の靴が、テーブルに置かれた。

「成人女性にしたらかなり小さいようで、見つけ出すヒントになると思っていた」

前世では二十七センチあった私の足だったが、生まれ変わったら二十二・五しかなかった。二十七センチもあれば主にメンズ用しかサイズが置いてなく、女性用の可愛らしい靴が買えずに何度涙を呑んだかわからない。だが、小さかったら小さかったで、子ども用の靴しかなく、毎回オーダーしていた。小さな足に憧れていたが、極端だったのだ。

そんなことはさておいて。

「どれだけ探しても、この靴に合う女性は見つからなかったのだが、今日、エレクトラ嬢が名乗り出て、靴もぴったりだった」

ちらりと、イクシオン殿下を見る。ふるふると首を振っていた。

どうやら、先触れの手紙に私が靴の持ち主であると書いていなかった、と。詳しい話は対面で話すようだ。

「私は、靴の持ち主に、誤解を解き、証言をしてもらうつもりだった」

カイロス殿下は、当時の状況を説明する。

「舞踏会の日、シールドライト伯爵夫人と十年ぶりに再会し、久しぶりに話をしたくなった。私室に連れ込むと妙な噂が立つので、庭で話をすることとなったのだが」

強い風が吹き、カイロス殿下の目にゴミが入ってしまったらしい。それで、シールドライト夫人がゴミを取ってあげようと寄り添っているところを、私に目撃されたようだ。

「きっと誤解されただろう。密着していた事情について、説明しなければ。そう思って、引き留めようとした」

しかし、私は全力疾走してしまう。

「庭を巡回していた騎士も加わり、思いがけず大騒動になった。そして、責任を感じて落ち込むシールドライト夫人を慰めているところを、セレネ姫の侍女に目撃され――」

セレネ姫本人の耳に、カイロス殿下がほかの女性を庭に連れ込んでいた話が伝わってしまったようだ。

「私はあの日、たしかにシールドライト夫人と一緒にいたが、証拠はなかった。侍女は、きれいな女性といたという記憶しか残っていなかったらしい。それで、証人としてエレクトラ嬢を呼び出したのだが」

証言はできなかったのだろう。あの日、ふたりをのぞいていたのは私だから。

エレクトラにはカイロス殿下の無罪の証明は不可能で、やってきたセレネ姫に噂はデタラメだと示すことができずに気まずい空気になっていたと。

カイロス殿下は明後日の方向を向き、背中には哀愁を漂わせていた。

あまりにも、気の毒すぎた。

「兄上、証言はアステリアができます。兄上たちをのぞいてしまったのは、彼女です」

「それは、本当か⁉」

「はい。名乗り遅れてしまい、申し訳ありませんでした」

「しかしなぜ、エレクトラ嬢は自分だと名乗り出たのだ？」

「舞踏会の日、私とエレクトラ嬢は奇《く》しくも一緒の服装をしていたのです。裾が長くて存じなかったのですが、靴も同じものだったのでしょう」

まさか、足のサイズまで一緒だったとは。エレクトラ嬢は私が庇うと思っていなかったのか、涙目で見つめていた。

「舞踏会の日の話ですが、間違いなく、カイロス殿下は元乳母である、シールドライト夫人と一緒にいました。聖獣の乙女の名にかけて、嘘は言いません」

膝の上に座るリュカオンは、ピッと背筋を伸ばす。私の角度から見えないけれど、きっと表情もキリッとしているはずだ。笑ってしまいそうになったが、ぐっと我慢した。

「すべて、わたくしの勘違いでしたのね」

「セレネ姫、このような事態になってしまい、申し訳ありませんでした」

「いえ。あの、カイロス殿下。その、婚約破棄は、撤回できますでしょうか？」

「もちろんだ」

「よかった」

これにて、めでたしめでたしである。

誤解が解けたシールドライト夫人は立ち上がり、頭を深々と下げる。

「皆様、ご迷惑をおかけしました」

「もう、いい」

「カイロス殿下……深く、感謝いたします。どうぞ、これからもお元気で」

再び会釈し、シールドライト夫人はそのまま帰って行く。

十年ぶりの元乳母との再会は、とんでもない事件になってしまった。もう二度と、会えないだろう。未練などないのか、実にあっさりとした別れだった。

それにしても、私がうっかりふたりの再会をのぞいてしまったせいで、大変な騒ぎに発展してしまった。反省しなければならないだろう。

のぞき、ダメ、絶対。それを信条に、今から生きていこう。

『問題は無事解決した！　アステリアの作った〝さばさんど〟を食し、親睦を深めよ！』

　リュカオンの言葉に、頭上にハテナを浮かべている人向けに、イクシオン殿下が説明する。

「アステリアが、私が育てている養殖魚を使って、料理を作ってくれた。よかったら、食べてほしい」

「アステリア嬢は、料理ができるのだな。すばらしい」

　その言葉に、エレクトラは瞠目《どうもく》する。

　カイロス殿下は、苦虫をかみつぶしたように語り始めた。

「以前、鳥撃ちにでかけたとき、従者と護衛と三人で、ひと晩野営をしようという話になった。私は鳥を撃ち、食料を得た。けれど、どうやって鳥を解体し、どのように調理すればいいのかわからず――」

　とりあえず羽を毟《むし》り、肉を解体したらしい。

「ひとまず腹に何か入れるため、肉を焼いて食べたのだが、信じられないくらい不味くて」

　当たり前だ。ジビエは、きちんと血抜きしたあと、臭み消しの薬草をすり込み、濃いめの味付けで調理しないと食べられたものではない。

「一度でも料理を習っていたら、このような事態にはならなかったのだろうな」

一週間前、料理をバカにしたエレクトラは俯き、恥ずかしそうにする。自らの発言を恥じ、反省しているようなので、見なかった振りをしてあげた。

『話が長い！　早く食べようぞ！』

「すまない。いただこうか」

フォークとナイフで食べていたイクシオン殿下と違い、カイロス殿下は豪快にかぶりついていた。

「これは、驚いたな。おいしい」

『だろう、だろう！』

リュカオンはまるで自分の手柄のように、ふんぞり返っていた。子犬の姿では、可愛いとしか言いようがないが。

セレネ姫とエレクトラには、ひと口大にカットしたものを用意してある。

ふたりはそれを食べ、大きな瞳をさらに大きくさせていた。

「おいしいですわ」

「本当に」

お姫様方のお口にも合ったようで、ホッと胸をなで下ろす。

セレネ姫とエレクトラが帰り、私たちもお暇しようと腰を浮かせたが、カイロス殿下より待ったがかかる。まだ、話があるらしい。

「実は、セレネ姫に説明したのは、すべてが真実ではない」

「兄上、どういうことですか？」

「今から話す」

シールドライト夫人との再会を、カイロス殿下は喜んでいた。幼い頃の記憶と相違ない美貌に驚いたものの、大好きだった元乳母と昔話に花を咲かせようと思っていたようだ。

庭の椅子に腰を下ろした瞬間、シールドライト夫人は涙を浮かべて訴えた。夫と離婚したいが、許してくれない。もう、一緒の屋敷にいるなんてまっぴらだと。

シールドライト夫人の夫は妻に対する執着がひどく、外出すら許可してくれないらしい。

「その日は、珍しく舞踏会とシールドライト伯爵の地方視察が重なったために、参加できたようだ」

なんとかカイロス殿下と面会までこぎつけ、夫から逃れるためにある願いを訴えたのだ。

「彼女は、私の愛人になりたいと言ってきたのだ」

公にされることはないが、貴族に愛人はつきものである。意外にも、実家の父は母一筋であるが。世間のイメージでは、金に物を言わせて多くの愛人を囲っていると思われているようだ。父個人としても、愛人は豊かさの象徴と考えているようで、噂話は否定しないらしい。実際には存在しない、エア愛人というわけだ。

「話を聞いていたら、シールドライト夫人に同情してしまった。ただ、セレネ姫との婚約が決まったばかりで、愛人なんか迎えたら不興を買うだろう。そう思って、最初は断った」

しかし、シールドライト夫人は諦めなかった。よほど、夫の束縛が鬱陶しかったのか、渋るカイロス殿下相手に食い下がったようである。

「彼女は私にすがりつき、そして、涙を流しながら口づけをした。そこまでされたら――愛人として迎えるしかないと、考えを変えてしまった」

思いっきり、流されとるやんけ！

心の中で盛大に突っ込んでしまう。

「二回目の口づけは、私からした。その場を、アステリア嬢に見られてしまったようだ」

「やっぱり、そういうことをしてましたか」

もう十日以上前の記憶なので、曖昧になっていたのだ。目撃したのは一瞬だったし。

「とんでもないものを見せてしまい、本当に、申し訳なかった」

「いえ。こちらこそ、のぞいてしまって、すみません」

「いや、騒ぎになって、よかったのだ」

「どういうことですか?」

カイロス殿下は騒動後、シールドライト伯爵家について調査をしたようだ。

夫の拘束が激しいという話だったが、夫婦の仲は冷め切っているという証言がでてきた。加えて、夫人の浪費のせいで、シールドライト伯爵家は傾きかけているらしい。

夫人は、夫より離縁を提案されていたが、頷かなかったと。

離婚を望んでいたのは夫人ではなく、夫のほうだったようだ。

夫に捨てられる前に、カイロス殿下に乗り換える予定だったと。思い切った鞍替えを思いついたものだ。

だから最後、シールドライト夫人はあっさり去っていったのだろう。

「危うく、引っかかるところだった」

尊敬していた兄の姿を前に、イクシオン殿下は落胆を隠せない様子だった。

人はそうやって、大人になる。イクシオン殿下、頑張れと心の中で応援した。

「アステリア嬢のおかげで、私は助かったのだ。ありがとう」

「い、いえ」

「そして私は、愛人を迎えたらどんな事態になるのか、結婚を前に学べた。妻以外の女性を迎えるという愚かな行為は、この先しないだろう。私の不貞が、国の平和をゆるがすのだ」

「ソウデスネ」

呆れるあまり、返答が片言になってしまう。一応、学習しているようだが、こういうことは失敗するまえに浅はかな行為だと気づいてほしい。この国の行く末が心配になる。リュカオンが、カイロス殿下に釘《くぎ》を刺した。

『さすがの我も、男女間の関係は浄化できないからな』

カイロス殿下はリュカオンの言葉に深々と頷き、険しい顔をしながら呟いた。

「男女の諍《いさか》いは、聖獣の手にも負えぬ。心に刻んでおこう」

なんかカッコイイ感じにまとめているけれど、女性に騙《だま》されそうになった人の言葉なので。

「イクシオン。お前は、いい娘を見つけたようだな。聖獣も認めている、救世の乙女だ。本当に、救われた」

「私も、彼女に救われた」

いったいイクシオン殿下の何を救ったのか。覚えがまったくないが、兄弟の会話に口を挟むのは野暮《やぼ》だろう。

カイロス殿下は微笑みながら頷く。

「そうか。私のように裏切りの行為を働くことなく、大事にしてくれ」

「もちろん、そのつもりです」

最後に、カイロス殿下は私を見て、あるお願いを乞う。

「アステリア嬢、どうか、弟を頼む。末永く、支えてくれ」

王太子が私ごときに頼みごとをするなど、ありえないだろう。

どうしてこうなったのか。頭を抱え、心の中で絶叫した。(※約十日ぶり、三回目)

第四話　心も身体も温かくなる『ほかほか肉まん』

私がイクシオン殿下の宮殿にお邪魔をしてから、一ケ月が経った。

相変わらず、イクシオン殿下は便利な魔道具を発表しては、製品化できないと却下される毎日を送っている。

先日開発したのは、〝お天気シート〟。曇天や雨天の日に空に広げると、一定範囲を晴天にできるのだ。非常に使い勝手がいい魔道具だが、一枚の値段が金貨十枚。日本円にしたら、百万円。

いったい、誰が買うというのかと、帰宅後の反省会で突っ込んだ。

「なるほど。金貨百枚は、なかなか手出しできない金額なのか」

「労働者階級の平均賃金は、金貨一枚くらいだから」

「それは、一日の給料なのか？」

「一ケ月！」

「なっ……彼らは一ケ月働いて、金貨一枚しかもらっていないのか⁉」

「そうよ」

「金貨一枚で、どうやって生活しているのか、想像できない」

王族として何不自由なく暮らしていたので、無理もないのだろう。

ただ、普及を目指す魔道具作りをしている者としては、国民の生活水準を知らないのは致命的だ。

「アステリアは、裕福なアストライヤー家の出自なのに、よく下々の者たちの生活を把握していたな」

「それは、私の前世がドのつく庶民だったからよ」

「その話、本当だったのだな」

「信じていなかったの？」

「話半分程度に聞いていた」

なんだと⁉と返しそうになったが、自分の立場に置き換えてみる。もしも、イクシオン殿下が、「前世はアラカン独身王子だった」なんて言っても、「ふーん」としか思わないだろう。大事なのは、生まれ変わったあとどう生きるか、なのかもしれない。

「イクシオン殿下は国民の生活を豊かにするために、魔道具を作っているのでしょう？　開発費はいくらだってかけてもいいから、低価格で買える物を考えないと」

「それもそうだな」

「難しいのであれば、魔道具を売る層を変えるとか」

「富裕層に売るのか？」

「ええ、そうよ。それか、外国向けに販売するの。国庫が潤ったら、国民の生活も豊かになるはず」

「ああ、なるほど。そういう考えもあるのか」

落ち込んでいる様子だったが、だんだんと元気を取り戻す。単純で本当によかった。

「あの、アステリア。新しい着想を思いついたら、作る前に相談してもいいか？」

「ええ、もちろん」

「ありがとう」

イクシオン殿下は私の手を握り、安心したように微笑んだ。

信頼しきったような笑顔に、胸が高鳴ってしまう。

イケメンの素朴な笑顔は、耐性がない者にとって破壊力が抜群だ。なんでも許してしまいそうになるので、雰囲気に流されないよう注意をしなければ。

「ああ、そうだ。アステリアに申すことが、あったのだ」

「何？　急ぎの用事？」

「父と母が、今日の夕方くらいにアステリアの料理を食べたいと言っていたのだ。何か作ってくれないか？」

「は⁉」

「だから、両親がアステリアの料理を食べたいと――」

なんでも、カイロス殿下が私の料理について、おいしかったと国王に報告したらしい。リュカオンも気に入っているとも話したことから、いったいどんな料理を作るのか、是非食べてみたいという流れになったのだとか。

「なんで、その話を先にしないの？　夕方って、あと五時間もないじゃない！」

「すまぬ……」

いったい、何を作ればいいのか。イクシオン殿下に質問する。

「ねえ、国王夫妻はどんな料理がお好みなの？」

「知らぬ」

「は？」

「両親の食の好みなど、話題に上がらなかった」

会話することなく、黙々と食事をするのが当たり前だったようだ。

「なんで、何も話さないの？」

「食事中での会話は、晩餐会《ばんさんかい》のときくらいだ。私は参加したことはないが、あれは、社交が目的だからな」

「そ、そんな！」

「アストライヤー家では、食事中会話をするのか？」

「あ……しない、わね」

「だったら、前世の記憶に残っているのか？」

「ええ、そう、だったわね。食事のときに、一日にあった出来事を話したり、どの料理がおいしいとか言ったり、野菜を残して怒られたり、おかずを取り合ったり。それが、家族の食卓の当たり前だったの」

社会人になってからは、ひとりで黙々と食事を取ることも多かったので、生まれ変わってもそれが当然だと思っていたのかもしれない。

「ならば、私たちはもう、家族なのかもしれない」

「私と殿下……リュカオンも？」

「そうだ。毎日、アステリアの料理の感想を言ったり、おいしいと伝えたり。家族でするものなのだろう？」

「そう、ね」

「私はアステリアが料理を作ってくれるようになってから、食事の時間を楽しく思うようになった。いつも、感謝している」

「別に、私は、料理が好きなだけだから」

イクシオン殿下の言葉は、私の心をきゅんと刺激する。

生まれ変わって、物足りないと思っていたことは、貴族社会の家族のあり方が前世とまったく違っていたからなのだろう。今になって、気づいた。

ぽっかり空いていた心の隙間に、いつの間にかイクシオン殿下とリュカオンが収まっていたのだ。

彼らは、いつの間にか私の家族のようになっていた。

「アステリア、どうかしたのか？」

「ごめんなさい。ちょっと、胸が、苦しくて」

「なんだと？　医者を呼ぶか？」

「ううん、大丈夫」

そう答えたのに、イクシオン殿下は侍医を呼んで診察を受けさせようとした。

「今は、国王夫妻のために料理を作らなければいけないから」

「しかし、胸が苦しいのならば、診察を受けたほうが――」

「比喩だから！　あと、切ないという言葉の意味を百万回調べてきて！」

しばらく言い合いをしていたが、フワフワの尻尾を左右に揺らしながらリュカオンがやってきて『アステリアは健康だ』と断言してくれた。「リュカオンがそう言うならば」と納得してくれたのだ。

さすが、私の父親より頭が固い王子である。一筋縄ではいかない。

『アステリア、今から何を作るのだ？』

「前世でよく食べていたお菓子に挑戦してみようと思って。リュカオンの分も作るから、安心して」

『おお！　楽しみだ』

尻尾を振って喜ぶリュカオンを見て、ほっこりしている場合ではなかった。

もう、時間がない。イクシオン殿下の作った自動調理器の力を借りつつ、私の得意な和スイーツ〝お饅頭《まんじゅう》〟を作ることに決めた。

小豆はないので、インゲン豆で白あんを作る。ちなみにこの国でのインゲン豆は、主にポタージュなどに使用されるらしい。

ちなみに、生のインゲン豆には毒がある。うっかり生食すると、吐き気や下痢の症状が出るので、注意が必要だ。

インゲン豆を水にさらし、自動調理器の中に入れる。半日ほど水にさらして、ふやかすのだ。

魔法仕掛けの自動調理器は、一瞬でインゲン豆をふやかしてくれる。

小豆と違い、インゲン豆は皮を剝いてから煮込む。毒抜きしなければならないので、ここできれいにあくを取り除いておくのもポイントだ。

念のため三回ほど茹でこぼし、舌触りをよくするために裏漉しを行い、ようやく煮込む作業に移る。

鍋に水を加えて、落とし蓋をした状態で煮崩れるまでしっかり煮た。インゲン豆がホロホロになった頃に、砂糖と塩を入れて、水分がなくなるまでぐつぐつ煮込む。

水分がなくなったら、練って硬さを調節した。

「よし、こんなもんか」

白あんが完成したら、今度は生地作りに取りかかった。小麦粉に酵母と重曹、砂糖、水を入れて混ぜる。生地がまとまってきたら、布巾をかけて休ませた。

三十分後さらに捏ねて、十分ほど休ませる。

蒸し器はないので、水を注いだ鍋を重ねてなんちゃって蒸籠《せいろ》を作った。

生地に白あんを包み、十分ほど蒸したら、〝白あん饅頭〟の完成だ。

もくもく湯気があがる鍋を、リュカオンは嬉しそうにのぞき込む。

『おお、これが〝まんじゅう〟か！』

蒸したてアツアツのまんじゅうを、手袋で掴んでふたつに割った。

『中も白いのだな！』

リュカオンにまんじゅうの中身を見せていたら、イクシオン殿下がやってきた。

「できたのか？」

「できましたが」

「なぜ、敬語を使う？」

私の顔色を窺《うかが》うイクシオン殿下は、雨の日に散歩に行けるか視線で問いかけてくる犬のようだった。

お伺いを立ててくるような態度に、笑いそうになったがぐっと耐える。

ゴホンと咳払いし、敬語を使う理由を説明した。

「今から国王夫妻に拝謁するので、失礼がないように練習しているのですが」

「すまなかった。私が無茶を受けてきたものだから、怒っているのだろう？」

「まあ、そうね」

自動調理器のおかげでなんとかなったけれど、なかったら絶望していただろう。

「今度、頼まれたときは、まず、アステリアに相談するから」

「そうしてくれると、助かるわ」

正直しばらく許さんと思っていたが、素直に謝ってきたので、許してあげることにした。

『アステリア！　夫婦喧嘩はそれくらいにして、我に〝まんじゅう〟を食べさせてくれ！』

「夫婦じゃないから」

まだ、まんじゅうはアッアッだ。ふーふーと冷ましたあと、食べさせてあげる。

『むむっ！　これは、初めて食べる甘味だ！　生地はふっかふかで、あんは品がある甘さだ！　うまい、うまいぞ！』

どうやら、おいしく仕上がっているようだ。

「アステリア、私にもくれ」

「はいはい」

イクシオン殿下の分もふーふー冷まし、口元へと持っていった。

すると、イクシオン殿下は目を見開き、驚いた顔で私を見つめる。頬も、心なしか赤くなっているような。

それを見た途端に気づく。イクシオン殿下は別に食べさせてあげる必要はないと。

手を引っ込めようとしたが、イクシオン殿下が口を開いて食べるほうが早かった。

口元を押さえ、ボソリと呟く。

「甘い……！」

イクシオン殿下が恥ずかしがるので、私まで照れてしまった。

いったい何をしているのやら。

『おい、いちゃつくのは、我がいないところでしろ。〝ぴゅあ〟すぎて、目に毒だ』

「い、いちゃついてないから」

一応、訂正しておく。

「それと、私の脳内の語彙を調べて使うのは禁止！」

『減るものではないし、よいではないか』

「よくない！」

こんなところで、リュカオンと言い合いをしている場合ではない。

お饅頭の準備が整ったので、身支度を調えることにした。今回も、メルヴの手を借りる。

今日、面会するのは国王夫妻だ。ドレスも、華美ではないものを着用しなければ。

メルヴたちと一緒に決めたのは、パールホワイトのアフタヌーン・ドレス。微妙な時間なのでイブニング・ドレスと迷ったが、晩餐会に行くわけではないので、昼用礼装を選んだ。襟や袖に真珠が縫い付けられていて、清楚で品のある一着である。

着替えが終わったらドレスの上から布が被せられ、化粧が始まる。メルヴたちは頭部から伸ばしたツルを使い、器用に化粧を施してくれるのだ。髪結いも同様に。ティアラのように三つ編みを結い、後頭部にベルベットのリボンを結ぶ髪型を作ってくれた。

ダイヤモンドの耳飾りと首飾りを身につけ、最後に姿見で確認する。

「みんな、ありがとう。素敵に仕上がっているわ」

私がお礼を言うと、メルヴたちは小躍りしながら喜んでくれた。

なぜ、このように着飾って、国王夫妻にお饅頭を持って挨拶に行かなければならないのか。

溜息をひとつこぼし、イクシオン殿下、リュカオンと合流した。

王宮まで、リュカオンの転移魔法で向かう。今日は、扉の前に降り立つようにお願いしておいた。

いきなり部屋に転移し、気まずい思いをするのは一回だけで十分だ。

警備をする騎士たちを驚かせる形で、私たちは国王夫妻の私室の前に転移した。

一瞬ピリッとした空気が流れたものの、隊長格らしき中年男性が「第三王子イクシオン殿下のおなり!」と叫んだので、騎士たちの背筋がピンと伸びる。そのまま、国王夫妻の部屋へ通された。

「おお、イクシオン、来たか」

立ち上がったのは、口髭《くちひげ》がダンディなイケオジといった雰囲気の五十代くらいの男性。

「待っていたのよ」

続けて声をかけてきたのは、金髪碧眼の四十代くらいに見える美しい女性だ。

彼らが、国王夫妻なのだろう。私はその場に膝を突き、頭を垂れる。

「父上、母上、彼女が私の婚約者である、アステリア・ラ・アストライヤーです」

「顔を上げてくれ」

「可愛い顔《かんばせ》を、見せていただけるかしら?」

恐れ多い気もしたが、命じられた通りに顔を上げる。

「ふむ。見事にアストライヤー家の者の特徴が出ているな」

「ええ、燃えるような赤い瞳に、愛らしい薄紅色の髪。まさしく、アストライヤー家の者ね」

「アストライヤー家の者を我が王族に迎えられることを、嬉しく思う」

「今まで、アストライヤー家の者たちは領地から出たくないと言って、王家に嫁いでくれなかったのよね」

　国境の統治を任されたアストライヤー家は、王家より厚い信頼を寄せられている。

それは、耳にたこができるほど父から聞かされていた言葉だったが、嘘ではなかったらしい。

　長椅子に腰を下ろしたあと、イクシオン殿下は私の膝の上に座るリュカオンを紹介した。

「父上、母上、こちらが、聖獣リュカオンになります。今は、力を温存させるために、小さき姿でありますが」

「かわっ……ふむ、事情があって、小さき姿であるのだな」

　今、「可愛い」と言いかけたような。国王陛下は、リュカオンに熱い視線を向けている。一方、王妃様は素直な反応を見せていた。

「まあ、可愛い。陛下は、こういう小さくて愛らしい生き物が、大好きなのよ」

　言っちゃった。国王陛下は隠そうとしていたのに。国王は恥ずかしそうに、もじもじし始める。なんていうか、威厳たっぷりな雰囲気だったのに、いっきに親しみやすくなった。

「でも、よかったわ。イッくん、自分の宮殿に引きこもって魔道具の研究に打ち込むばかりで、舞踏会や晩餐会に一回も顔を出さなかったから」

「母上、イッくんは止めてほしいと何度も言っているでしょう？」

「ごめんなさい、イッくん。癖が直らなくて」

「兄上たちは普通に名前で呼んでいるのに、私だけなぜ……？」

イクシオン殿下は、よほど「イッくん」呼びが恥ずかしいのか、耳まで真っ赤に染めていた。

王妃様はさらに追い打ちをかける。

「女性にも興味がなくて、そのうち、魔道具で作った女性を紹介されるんじゃないかって、ヒヤヒヤしていたの」

引きこもりの息子を持つ母親の話を、どんな顔をして聞けばいいのかわからなくなる。視線を逸らそうとしたら、リュカオンをガン見している国王陛下に気づいてしまった。リュカオンを抱き上げ、差し出すと国王陛下は笑顔で受け取ってくれる。

「寝ても覚めても魔道具、魔道具、魔道具って言うばかりで、私たちのほうから魔道具の女性を探さなければならないのかと、陛下と真剣に話し合ったこともあったわ」

「母上、それはいくらなんでも……」

「だって、どんなきれいな女性を紹介しても、まったく惹かれないとか言い出すし」

「それは、本当のことを言ったまでで」

「でも、アステリアちゃんはイックんが選んだのよね？　どこに惹かれたの？」

イクシオン殿下はぶるぶると震え始める。なんだか気の毒に思えてきた。だが、相手は王妃様であり、実の母親である。私なんぞが対処できる相手ではない。

「アステリアは私の魔道具を理解し、褒めてくれました。それから、遠慮なく意見してくれるところも、気に入って、います」

「まあ。アステリアちゃんは、イックんの一番の理解者なのね。素敵だわ！」

まさか、言うとは……。私まで恥ずかしくなってしまう。

「それから、彼女の作る料理はとてもおいしく、食事の時間が楽しみになりました」

「まあ、そうなの？　イックん、子どものときから小食だったわよね。ぜんぜん、食事を取らなくって。ここまで大きく育ったのは、奇跡だと思っていたのだけれど」

「そういえば、今日はアステリア嬢が料理を作ってきてくれたのだったな」

「カイロスがおいしい、おいしいと言っていたものだから、ずっと気になっていたの。

リュカオンちゃんのお食事係とかで忙しいのに、作ってきてくれて、ありがとう」

「お口に合えばいいのですが」

ここで、白あんのお饅頭を差し出す。侍女の手によって、私が作ったお饅頭がオシャレに盛り付けられた。

国王陛下が口にする前に、毒味を行うらしい。年若い侍従が一歩前に出て、お饅頭をふたつに割る。

「これは……！」

侍従がハッとなったので、国王陛下が鋭く問いかける。

「どうした？」

「いえ、初めて見るお菓子でしたので、何のクリームが入っているのかと疑問に思ったものですから」

「紛らわしいことをするでない。さっさと食せ」

「御意に」

ひと口食べたあと、侍従は口に手を当て、「うっ‼」と声を漏らす。

「おい、どうした⁉」

「う……まい」

「は？」

「うまい、です」

「だからお前は、紛らわしいのだ！」

見事な国王陛下の突っ込みが炸裂《さくれつ》する。

この空気感、イクシオン殿下にそっくりである。ふたりはたしかに親子だった。

「では、問題ないということで、いただくとしよう」

何事もなかったかのように、国王陛下はお皿に載ったお饅頭をフォークで押さえ、ナイフでひと口大にカットする。

お饅頭ひとつでも、優雅に召し上がるようだ。

「むう！　これは！」

国王陛下は、カッと目を見開く。

「生地はふわふわで、中に入っているクリームは濃厚。だが、後味はあっさりしていて、いくらでも食べられそうだ」

残った半分のお饅頭は、リュカオンにあげていた。心優しき国王である。

先ほどから芸を仕込もうと、お手を教えていたが、相手は聖獣。従うわけがなかった。続いて、王妃様も口にしていた。

「まあ！　おいしい。初めて食べるお菓子だわ。中に入っているのは、何かしら？」

「インゲン豆をペースト状にしたものです」

「これは、インゲン豆なのね。バターに何かを加えたクリームかと思っていたわ」

「私もそう思っていた。いやはや、見事だ」

「本当に、おいしかったわ」

「リュカオンやイクシオンが、アステリア嬢の料理に夢中になるのも理解できた」

「カイロスが絶賛していたんだもの。相当な腕前だと思っていたら、期待以上だったわ」

ふたりとも、お饅頭を気に入ってくれたようだ。ホッと胸をなで下ろす。

任務は完了となったので、そろそろお暇《いとま》したい。イクシオン殿下に視線で訴えると、承知したとばかりに頷く。

「では、父上、母上、私たちは宮殿に戻ります」

「待たれよ。まだ、本題に移っていない」

「実は、お願いごとがあって」

何やら嫌な予感がする。また今度ゆっくりと言いたいところだったが、逃げられるような雰囲気ではなかった。

「一ケ月後に北に位置する大国『スノウベリー国』の王太子夫妻が来訪することとなった。ちょっとした歓迎のパーティーを開く予定なのだが、そこで出す軽食を、アステリア嬢に考えてほしい」

「私が、ですか？」

「ええ。このお饅頭のような、珍しくておいしい料理を考えてほしいの」

甘い物ではなく、小腹が満たされる軽食がいいらしい。

「突然、すまない。実は、宮廷料理人にも同様に、軽食を考えるよう命じたのだが、ピンとくるものがなくてな」

「スノウベリー国の王太子夫婦は、目新しいもの好きだと噂されているので、食べたことがないような軽食だと、喜ぶと思って」

軽食のアイデア出しは、私以外の料理人からも募っているらしい。

十日後、コンペティションを行い、国王夫妻が決めた料理が歓迎パーティーの軽食として提供されるという。

私だけでなく、ほかの料理人も参加する競合だというのであれば、俄然《がぜん》燃えてくる。

ふたつ返事で了承した。

その後、ようやく解放される。

イクシオン殿下の宮殿に戻ったあと、ハッと我に返った。

「私、大事な歓迎パーティーの軽食コンペティションに参加するって、なんで安請け合いしちゃったの⁉」

料理関係の競いごとと聞くと、ついつい闘志に火がついてしまうのだ。悪い癖だろう。

「アステリアならば、すばらしい着想が浮かぶだろう」

『そうだぞ。今までも、おいしい料理を作ってきただろう？』

まさか、イクシオン殿下とリュカオンに勇気づけられる日が来るとは。

……まあ、今まで作ってきた料理は、私が考えた物ではないけれど。ふたりの、私を励まそうという気持ちだけ受け取っておく。

「参加者はアステリアだけではない。ほかの者もいる。そこまで責任を重く捉えずに、心を軽くして考えるといい」

『イクシオンの言う通りだ』

「リュカオン。初めて意見が合ったな」

『そういえば、そうだな』

ふたりからの応援を受け、歓迎パーティーで出す軽食を考えることにした。

＊＊＊

パーティーの軽食といったら、カナッペやピンチョス、エッグドスタッフ、タルティーヌなどの、ひと口で食べられるフィンガーフードだろう。

けれど、国王夫妻は定番を欲しがっているのではない。一風変わった軽食を欲しているのだ。

「うーん……！」

『苦労しているようだな』

頭を抱える私の背後に現れたのは、リュカオンだ。

「リュカオン、何か私の記憶の中に、お客さんが喜びそうな軽食はある？」

こうなったら、聖獣頼みである。

『そうだな……この、〝すし〟というのはどうだ？　色鮮やかで、パーティーで映えるのではないか？』

「寿司、かー」

日本人ばかりでなく、外国人までも魅了するお寿司。たしかに、彩りはきれいである。しかし、しかしだ。この世界の人たちは、魚を生食しない。それに、酢飯も好みじゃないだろう。

『どんな味がするのか、非常に気になる！』

「だったら、作ってみるわ。ちょうど、魚はいろいろあるみたいだし」

魚の養殖場へ行き、鮪《まぐろ》らしき魚と、鮭《さけ》らしき魚、蛸《たこ》らしき軟体生物をもらってくる。

自動調理器で米を炊き、酢飯を作った。蛸は茹で、魚はすばやくさばき、ネタを作る。

「あとは握るだけ――あ！」

『どうした？』

「醤油がないんだった」

ワサビもないが、もっとも重要なのは醤油だろう。

『〝ショウユ〟、か。以前、話していたものだな？』

「ええ。お寿司に付けるソースでもあるのだけれど」

『イクシオンに探させていなかったのか？』

「ええ。バタバタしていて」

『作り方は、知らないのだな？』

「さすがの私も、醤油の作り方は知らないわ」

『そうか』

醤油がなければ、お寿司のおいしさは半減するだろう。腕を組んで考える。

『アステリアの記憶から、〝ショウユ〟に関するものを視てもよいか？』

「ええ、どうぞ」

『失礼する』

リュカオンは目を瞑《つむ》り、うんうんと頷いている。

『なるほど。豆を発酵させて作るソースなのだな』

「ええ」

『作業工程の映像はいくつかあったが、詳細はないようだ』

それは、私がテレビで見た醤油の製造工程だろう。たいてい、詳しい材料など作り方は企業秘密であることが多いので、詳細を知るすべはなかった。

『関連して、〝すし〟に何かソースを塗って食べるものもあったが』

「あ、江戸前寿司！」

江戸前寿司は醤油に浸《つ》けて食べるのではなく、甘く煮詰めた醤油を塗って食べるものだ。パーティーの軽食にするならば、江戸前のほうが食べやすいだろう。

問題は、ソースだ。この国でポピュラーなワインを使ったソースは絶対に合わない。試行錯誤した結果、牡蠣ソースがもっとも醤油に近い風味を出すことができた。これをお寿司のネタに塗って、なんちゃって江戸前寿司に仕上げた。

鮭っぽい魚のお腹からいくらも出てきたので、レタスをお皿代わりにして、酢飯といくらを載せ牡蠣ソースをかけたプチいくら丼も作ってみる。

イクシオン殿下とリュカオンに、味見をしてもらう。

「アステリア、もう完成したのか？」

「ええ、これなんだけれど」

彩りをきれいに見せるために、ネタと酢飯の間に牡蠣ソースを塗った、〝なんちゃって江戸前寿司〟である。

「これは、美しい。まるで、宝石のように輝いている」

『見た目は合格だな』

問題は、味である。ドキドキしながら、ふたりが試食する様子を見守った。

イクシオン殿下とリュカオンは、同時に食べる。

「うっ！」

『おお！』

反応は、まったく正反対であった。イクシオン殿下は苦しそうに白目を剥き、リュカオンは尻尾をぶんぶん振っている。

「アステリア、こ、これは、むぐぐ、無理」

「あー、やっぱダメか。あ、どうぞ、こっちに」

「……すまぬ」

イクシオン殿下は、鮭握りを呑み込むことができなかった。

一方、鮪っぽい魚の握りを食べたリュカオンは瞳を輝かせながら言った。

『うまい、うまいぞ！　最高だ！　〝マグロ・ニギリ〟は、海のルビーだ！』

気持ちいいくらい、パクパクと食べてくれた。イクシオン殿下は青い表情のまま、口元を押さえている。口直しに、バニラアイスクリームを与えた。

落ち着いたところで、詳しい話を聞いてみる。

「やっぱり、生魚はダメだった？」

「うむ、そうだな。あの、生魚のにゅるり、という食感と、魚臭さがダメだった」

「なるほどなー」

『とんでもなくうまいのに、口に合わないとは気の毒なものだ』

リュカオンに『魚卵《いくら》だったら食べられるだろう！』と勧められ、イクシオン殿下は涙目で挑戦しようとしていたが、また吐きそうな気がしたので止めておいた。

『これが口に合わないとは。人生損をしているな。この、プチプチの食感が、たまらないというのに！　我は犬生の楽しみが多くて幸せだぞ！』

いや、あんた聖獣じゃなくて、犬カテゴリーなんかい。という突っ込みはさておいて。

リュカオンだけでも、喜んで食べてくれてよかった。ありがたいことに、作った分はすべて平らげてくれた。

イクシオン殿下はシュンとしつつ、謝罪の言葉を口にする。

「アステリア、本当に、すまない」

「気にしないで。好みや魚を生食しない文化の違いもあるだろうから」

イクシオン殿下は今までなんでも食べていた。好き嫌いはなかったので、きっと彼をこの世界の人々の好みの基準として問題ないだろう。

「お寿司がダメならば、何を作ればいいのか」

『寒い国から来るのだから、温かいものを作ればいいのでは？』

心と身体をほかほかにする、温かい料理。いいかもしれない。何があるのか、腕組みし考える。

『アステリア、〝おでん〟はどうだ？』

「おでん……！」

出汁が染みこんだダイコンに、つるんとしたこんにゃく、争奪戦になる餅巾着に、ホクホクなジャガイモ、辛子をちょこんと載せて食べたい卵。

おでん――それは、寒い日にもっとも食べたい料理かもしれない。

「私も食べたい、おでん！」

『〝おでん〟！』

「でも、材料が、ないの！」

『ないのか⁉』

「まず、この国に昆布ってある？」

おでんでもっとも重要なのは、昆布から取る出汁だろう。あれで、おでんは最高に深みがある料理となるのだ。

『その食材は、初めて聞く』

「イクシオン殿下はご存じ？」

リュカオンと共に、イクシオン殿下を見る。

「なんだ、〝こんぶ〟とは？」

「海中で繁殖する海藻の一種なんだけれど」

昆布というものは太くて長くて、海の深い場所に生えている。棒状の道具に巻き付け、獲るのだ。

「そのようなものは、食べない。なぜ、海には豊富な魚介や貝類があるというのに、海藻なんかを食べるのか？」

真顔で聞かれ、「たしかにそうかも」と流されそうになる。

「海藻といえば、話を聞いたことがある。その昔、私たちの大祖父が王太子時代、船で釣りを楽しんでいたら、遭難してしまったと」

魚が釣れず、絶体絶命となった。そんなときに、船をこぐオールに何かが巻き付いた。

「黒く、長い海藻だったらしい」

食べるものは海藻しかない。空腹に耐えきれなかったイクシオン殿下の大祖父は、海藻を口にしたらしい。

「腹は膨れたが、激しい腹痛と吐き気に苛まれ、ひどい目にあったのだとか。以降、海藻は危険な食べ物だと代々伝えるよう、遺言を残していた。当時、大祖父が食べた海藻が、〝こんぶ〟だったのかもしれない」

「なるほど」

そういえば、以前「生の海藻類を消化できるのは日本人だけ」という話を聞いたことがあったような気がする。

日本人の腸内には、海藻の細胞層を分解させる微生物が存在するとかしないとか。ずっと前に聞いた話なので、信憑性《しんぴょうせい》については謎だけれど。

「イクシオン殿下、海藻類は加熱したら、害にならないの」

「そうなのだな」

「昆布出汁は、加熱するから心配いらないわ」

昆布出汁のすばらしさについて語っていたら、イクシオン殿下もだんだんと興味がそそられてきたようだ。

「そこまで言うのならば、アステリア。今度、休みが取れたら、海に〝こんぶ〟を獲りに行ってみよう。心配するな。船は、王族専用のものがある」

何かカッコイイ感じに誘ってきたが、要は、海に昆布を獲りに行くというだけの話である。

「〝こんぶ〟を獲る魔道具も、用意しておこう」

「えっと、急ぎではないので、暇なときにお願い」

「わかった」

昆布についてはひとまずおいておく。歓迎パーティーで出す軽食を決めなければ。

「寒い日にぴったりの、一品……」

おでんは材料がないので却下。次に、寒い日に食べたくなるものは——。

『アステリア、その、記憶の中のガラスケースに入っているのは、〝まんじゅう〟なのか？』

「ガラスケースのお饅頭？」

『カウンターの向こう側の店員が、出したり入れたりしているな』

「カウンターの店員が、出し入れ……？　あ！」

リュカオンが言っているのは、コンビニで売られているホットスナックのことだろう。

「それは、肉まんよ」

『ほう？　〝まんじゅう〟ではないのだな』

「ええ。中に、ひき肉のあんが入っているの」

『それも、ほかほかしていて、おいしそうだ』

「そうね」

肉まんか。たしかに、冬になったら食べたくなる。しかし、正直な話パーティーにふさわしい料理ではないけれど。この世界では目新しさがあるかもしれない。イクシオン殿下にガラス製の保温器を作ってもらって、アツアツの肉まんを提供するのもおもしろいだろう。

「肉まん。いいわね。試作品を作ってみましょう」

『楽しみだ！』

まず、生地を作る。自動調理器があるので、時間はそうかからない。

次に、ひき肉のあんを用意する。豚ひき肉にキノコとネギ、ショウガ汁、酒、牡蠣ソース、ゴマ油を垂らし、粘りがでるまで混ぜ合わせる。

自動調理器を使って発酵させた生地をカットし、丸めたあと平たく伸ばす。中心にひき肉あんを入れ、包み込むのだ。

これを、十五分ほど蒸したら、肉まんの完成となる。

蓋を開くと、もくもくと湯気が漂った。リュカオンとイクシオン殿下がのぞき込む。

「見た目は、〝まんじゅう〟と似ているな」

『匂いは違うぞ』

アツアツの肉まんをふたつに割ると、じゅわ～～っと肉汁があふれてくる。こぼれる前に、リュカオンに食べさせた。

『アツ、アツ！　ハフ、ハフ！』

耳はピンと立ち、尻尾はふるふると高速で左右に揺れていた。

「リュカオン、どう？」

『すごくおいしいぞ‼』

基本、私の料理は何を食べてもおいしいと言ってくれるが、今回はひときわテンションが高かった。問題は、イクシオン殿下である。先ほどの寿司が口に合わなかったので、妙に緊張する。

肉まんを手に取り、ひと口大にちぎって口の中へと押し込んだ。

「う、むっ！」

イクシオン殿下は口元を押さえ、顔を赤く染める。

「あ、ごめんなさい。熱かった？」

「いや……そうではない」

水を飲ませてから、ふた口目はふーふーしてから与えた。

またしても、イクシオン殿下は口元に手を当てた上に、今度は私から目を逸らす。

「もしかして、また、おいしくなかった？」

「違う。そ、そなたが直接食べさせるから、恥ずかしくなっただけだ。ちなみに、これをしたのは、二回目だからな」

「そう、だったわね」

リュカオンからの流れで、イクシオン殿下にまで「あ～ん」をしてしまったのだ。

以前はきちんと心の中で反省したのに、今回は早く感想を聞こうと焦っていたのだろう。

「ごめんなさい。イヤだった？」

「イヤではないが」

「よかった」

あ～んが特にイヤではないとわかったものの、まだホッとできない。肉まんの感想を聞かなければ。

「それで、肉まんはどうだったの？」

「丸呑みしてしまった」

「なんでよ」

「そなたが変なことをするからだ」

「ごめんなさいね」

もう一個食べるよう、今度はまるごと手渡した。イクシオン殿下は、そのまま肉まんにかぶりつく。

「むっ、これは──」

「これは⁉」

「ふかふかの生地の中に、肉汁たっぷりのあんが入っていて、刻まれたキノコやネギの豊かな風味が口いっぱいに広がる。まるで、一杯のスープを飲んだような味の濃さを感じた」

「つまり、それっておいしいって意味？」

「そうだ。食べていると、体がほかほかと温まる。正に、寒い日にぴったりの軽食だろう」

胸に手を当て、はーと息をはく。ようやく、胸をなで下ろすことができた。

「でもこれ、パーティーに相応しい料理だと思う？」

「よいのではないか？　客人は、新しいもの好きらしいから」

「イクシオン殿下がそう言うのならば、肉まんを候補にあげておくわ」

『イクシオン、〝肉まん〟専用の保温器も作ってくれ。いつでも、アツアツが食べられるぞ』

「〝肉まん〟専用の保温器、だと？　どのような形状をしている？」

『これだぞ！』

リュカオンはそう言ってイクシオン殿下に飛びつき、頭突きした。

『えいっ！』

「うっ‼」

ゴツン！と、ものすごい音が鳴った。イクシオン殿下は額を押さえ、片膝を突く。

リュカオンも『痛いのだー‼』と叫んでいた。

今の頭突きはいったい……？

『これが、〝肉まん〟専用の保温器だぞ！』

「あ、頭の中に、映像が……！」

頭突きをして、直接脳に映像を送り込むとは。なんて直接的な映像送信方法なのか。

絵を描いて伝えることもできたのに。

「なるほど。理解した。アステリアがいた世界には、〝肉まん〟専用の保温器なるものがあるのだな」

「ええ、まあ」

「わかった。作ってみよう」

どうやら、映像を見ただけで作れるらしい。さすが、引きこもって魔道具ばかり作っていただけある。

「三日ほど、時間をもらう」

「あ、イクシオン殿下！　肉まんを蒸す機能も、一緒に付けてほしいのだけれど」

「そういえば、おもしろい加熱方法だったな。どのような構造になっている？」

「えーっと、水を張った鍋にもうひとつ鍋を重ねて、蒸気で加熱する物なんだけれど」

「わかった。では、保温器に蒸す機能も付けてみよう」

三日後――イクシオン殿下は蒸籠機能付きの肉まん用保温器を作ってくれた。

コンビニにある、保温器そのままである。

「すごい！　本当に、作れたのね」

「まあ、これくらい、朝飯前だ」

「ありがとう！」

なんだか、懐かしさと切なさが同時に浮かんできて、眦《まなじり》に涙がにじむ。

学生時代から、コンビニの肉まんを食べていたので、ホームシックになってしまったのだろうか。

寒い日に、コンビニに立ち寄って食べる肉まんは本当においしかった。あの生活には、二度と戻れない。

「アステリア、大丈夫か？」

「ええ、平気。ごめんなさい。前世の暮らしを、思い出してしまって」

「アステリアがつらいのならば、作らないほうがよかったか？」

「いいえ、大丈夫。イクシオン殿下の保温器があったら、きっと、おいしい肉まんが作れるはずだわ」

「そうか」

イクシオン殿下の手を握り、心からの感謝の気持ちを伝えた。

「ありがとう」

そして、瞬く間にコンペティションの当日となる。ドキドキしながら、肉まんを保温器ごと会場へ持って行った。

大広間に長方形のテーブルが置かれ、その奥に料理人が待機している。

参加者は二十名ほど。皆、自慢の軽食を持ってきているようだ。

肉まん専用の保温器は、ここ数日で進化を遂げていた。ガラスケースは曇らないように小さな煙突がつき、もくもく湯気を立ち上らせながら内部の熱を逃がしている。

ほかの参加者はただ料理を並べているだけなのに、私たちだけ異様な空気を放っていた。

「アステリア、見よ。皆、私が作成した〝肉まん〟専用保温器に、驚いているぞ」

「いや、保温器というより、公の場に顔を出したイクシオン殿下に対してびっくりしているのでは？」

少数ではあるものの、イクシオン殿下が抱いているリュカオンを見て、「なんで犬をコンペティションに連れ込んでいるんだ？」という疑問の視線を投げかけている人もいる。

イクシオン殿下は自信満々だったが、参加している料理人が作る軽食のレベルの高さに、戦々恐々としていた。

白鳥の飴細工をクラッカーに載せたものだったり、彩りが美しい野菜のジュレだったり、スノウベリーの国旗を模したムースだったり。皆、工夫を凝らし、歓迎に相応しい料理を用意している。

一方、私の作った肉まんは、料理自体の見た目は地味。しかし、肉まん用保温器とイクシオン殿下、リュカオンの存在感は抜群にある。蒸気によって漂う匂いも、そそられるだろう。まあ、これらの要素は、加点にならないかもしれないけれど。

定刻ぴったりに、国王夫妻がやってくる。料理人が料理を持っていくのではなく、歓迎パーティー当日と同じように、立食形式で行われるようだ。

まず最初に、もっとも美しいとされる白鳥のクラッカー載せに手が伸ばされる。

「見た目はきれいだが、嘴《くちばし》が口内に刺さる。食べにくいぞ」

「これ、お菓子よねえ？　軽食じゃないわ」

国王夫妻は辛口コメントを残しつつ、次の料理へ向かった。

私たちの順番は最後だ。国王夫妻はお腹いっぱいという、ハンデがある。加えて、この地味な感じ。勝てる要素が見当たらない。

三十分後、ようやく私たちの番が回ってきた。果たして、どういう反応が返されるのか。まったく想像がつかなかった。

「な、なんだ、この、もくもくと漂う湯気は⁉　それに、食欲がそそるような匂いがするぞ！」

「本当ね。あら、お饅頭が、ガラスケースの中に並べられているわ！」

国王夫妻は肉まん用保温器に全力で食いついてきた。イクシオン殿下はドヤ顔で、説明を始める。

「国王陛下、妃殿下、こちらは、〝肉まん〟用保温器といいまして、私が作った肉まん専用器を使い、婚約者であるアステリアが作った料理になります」

「むう！　引きこもりと名高い我が息子イクシオンが、公の場に出てきて立派にしゃべっているとは！」

「イッくん、アステリアちゃんの紹介までして、お母さん、嬉しいわ！」

なんか、イクシオン殿下の頑張りが高く評価されている。これは、よかったと言っていいものなのか。

『我も、応援しているぞ！』

「おお！　聖獣リュカオンも、支持しているとは！」

「なんてすばらしいのでしょう！」

リュカオンの応援までも、高く評価される。ズルのような気がしてならない。

「アステリア嬢、よくぞ、引きこもりの息子をここまで更生させてくれた。聖獣リュカオンも、召還後は姿を見せたくないと、公の場に出てくることを拒絶していたのに、ふたりをコンペティションに参加するよう奮い立たせてくれて、心から感謝する」

「今まで、いくら言っても聞かなかったのに。アステリアちゃん、あなたは本当にすばらしいわ」

引きこもりの息子と犬を引っ張ってきた私までも、高く評価された。まだ、肉まんはひと口も食べていないのに。

周囲の料理人からは「なんだ、この茶番は」という視線が集まった。

「えーでは、そろそろ、肉まんの試食をしていただきますね」

ここで、以前お饅頭を毒味した侍従が前に出てきた。今回も、国王陛下が食べる前に毒味を実施するらしい。

ほかほかの肉まんを取り出し、紙袋に入れて差し出した。

「うわっ、けっこう温かいのですね」

「ええ。口の中を火傷しないように、ふーふー冷ましてから召し上がれ」

「ふーふー……！」

イクシオン殿下の「ふーふー」という呟きを聞いて、振り返る。目が合うと、パッと逸らされてしまった。もしかして、この前肉まんをふーふーして食べさせてあげたことを思い出したのか。思春期の男子かと突っ込みを入れたい。

「ふーふーふー、これくらいでいいかな。では、先にいただきます」

そう言って、侍従は肉まんにかぶりつく。

「んぐうっ⁉」

「ど、どうした⁉」

うめき声を上げながら食べるので、国王陛下がギョッとしつつ尋ねる。

「に、肉汁が口の中にあふれたことに驚いて、一瞬息が止まりそうになって」

「紛らわしい奴めッ‼」

問題ないようなので、肉まんを国王夫妻に差し出した。

「おお……！　思っていた以上に温かいな」

「こんなに温かい料理、久しぶりね」

毒味をしてから料理を食べるので、毎日冷えたものを口にしているのだろう。なんだか気の毒になってくる。

同時に肉まんを頬張った国王夫妻は、カッと目を見開いた。

「なんだ、この、肉汁の洪水は⁉　肉だけではない食材の旨味が生地に包まれて、余の生命につながる川へと流れ込んでくる！」

何を言っているのかよくわからないけれど、とりあえずおいしかったというのは伝わった。
一方、王妃様はひと口食べたきり、首を傾げている。
「不思議ね。シンプルな見た目なのに、味わい深いの」
それはそうだろう。肉まんは、四千年以上歴史がある国で作られた料理だ。たった
ひと口食べた程度では、理解できないだろう。
「久々の温かい料理、身体に染み入るようだった。おいしかった」
「本当に、おいしかったわ。ごちそうさま」
国王夫妻はにっこり微笑んで、去って行った。結果発表は一時間後らしい。
用意された客室で、待機する。イクシオン殿下はリュカオンを胸に抱き、ガクガク
と震えていた。
もふもふの毛並みに顔を埋め、平静を取り戻そうとしている。リュカオンの迷惑そ
うな顔が、なんとも言えない。
「あれはアステリアの料理と、私の英知が組み合わさった、世界最高・最強の作品だ。
ほかの料理人のありふれた料理なんかに、負ける訳がない」
何やら、おかしなことをブツブツ呟いている。リュカオンも、何やらブツブツ呟い
ていた。

『正直な話、残りの肉まんは、すべて我のものだと思っていた。まさか、国王の従者にすべて配られるなんて……！』

「リュカオン、帰ったら、肉まんを作ってあげるから」

『ほ、本当か⁉　アステリアよ、疲れていないのか？』

「平気よ、これくらい」

過労死してしまった前世に比べたら、リュカオンのごはん係のお仕事なんてたいした労働ではない。三食昼寝付きで今の待遇を受けるなど、夢のような仕事だ。

『では、肉まんを作ったあとは、イクシオンと共に〝ばかんす〟とやらを取って、〝こんぶ〟でも獲りに行くとよい！』

なぜ、せっかくのバカンスを昆布獲りで消費しなければならないのか。

イクシオン殿下と私が昆布獲りに行く様子を想像したら――不覚にも、ちょっとだけ楽しそうだと思ってしまった。

「アステリア、すまぬ。まだ、〝こんぶ〟獲りの魔道具は、完成していない」

「いえ、大丈夫。急いで行くようなものでもないし」

それに今は、王族がバカンスを取っている場合ではないだろう。スタンピートの被害で壊滅寸前の村や町が数多くあるという。時間があったら、復興支援をしなければならない。

「それよりも、いい魔道具を思いついたんだけれど」

「何を思いついた？」

「保温器の技術を応用した、料理が冷めないお皿、ってのはどう？　国王夫妻が、毒味を待ったあとの、冷えた料理を食べていたと聞いて、閃《ひらめ》いたの。料理が冷えない保温皿があったら、きっと、国王夫妻も喜ぶわ」

「そうだな。いいかも、しれない」

「早く作って、贈りましょうよ」

「しかし、その前に、〝こんぶ〟獲りを作らなければならない」

「昆布獲りはあとでもいいし、いっそ作らなくてもいいから、保温皿のほうをお願い。保温皿は国王夫妻だけでなく、料理が冷えない鍋とかにしたら、ほかにも需要があると思うの」

　料理を温めるために夫の帰りを夜遅くまで待つ妻の負担が減ったり、露店で買ったスープを温かいまま持って帰れたり。利点は挙げたらキリがないだろう。

「本当に、昆布獲りはいいから、保温皿作りを優先してほしいわ」

「アステリアは、優しいのだな」

「優しいというか……その……まあ……そうね」

そういうことにしておいた。

一時間後——ついに結果発表となる。参加者は大広間に集まり、ドキドキしつつ発表を待った。

国王陛下が登場し、紙に書かれた結果を読み上げる。

「歓迎パーティーにふさわしい軽食は、アステリア嬢の〝肉まん〟とする！」

わあっ！という歓声に包まれる。皆、私たちの肉まんに決定したことを、祝福してくれた。

試食前から百点満点中、一億点加点されていたので、約束された勝利だったか。

国王陛下は私たちの前にやってきて、歓迎パーティーの料理係任命証を手渡してくれた。

「本当に、おいしかった」

「スノウベリー国の王太子夫妻も、喜んでくれると思うわ」

「ありがとうございます」

私が任命証を受け取ったあと、国王夫妻はイクシオン殿下へ声をかける。

「お前はいつも、訳がわからない魔道具ばかり作っていると思っていたが、今回の〝肉まん〟用保温器はすばらしかった」

「次も、役に立つ魔道具を、考えてくれたら嬉しいわ」

「――ッ、はい！」

国王夫妻が去ったあと、イクシオン殿下は満面の笑みを浮かべている。

ようやく、イクシオン殿下の魔道具が国王夫妻に認められたのだ。喜びもひとしおだろう。

「アステリア、よくやった！」

イクシオン殿下は年甲斐もなくはしゃいでいる。リュカオンも、ただの子犬のように尻尾を振っていた。

イクシオン殿下は歓喜のあまり、私をお姫様抱っこした。

「自慢の婚約者だ！」

そう叫んでいたのは恥ずかしかった。いいや、修正する。

とても、嬉しかった。

＊＊＊

スノウベリー国の王太子夫妻がやって来る日は、あっという間に訪れる。

初めての国交ということで、王宮内はピリピリしていた。

私はひたすら、肉まんを作るだけである。ただ、自動調理器があるので、材料を装置の中にいれるだけの簡単なお仕事を繰り返していた。

歓迎パーティーは到着してすぐ行われる、一時間程度の短い催しだ。果たして、肉まんを気に入ってもらえるのか。

スノウベリー国の王太子夫妻を歓迎するかのように、昨日から雪が降り積もり、王都の町並みは真っ白に染まっている。

いい感じに、肉まんがおいしいと思える日に迎えることとなったのだ。

夕方、王太子夫妻の到着が知らされた。会場にはすでに肉まん用保温器が設置されていて、約五十個の肉まんが蒸し上がっている。

雪が積もっていたため、到着は一時間遅れだった。広間に集まった人々が待ちわびた頃に王太子夫妻はやって来る。

王太子夫妻は新しいもの好きだと聞いていたので、若いのかと思っていた。しかし、姿を現したのは、国王夫妻と変わらない五十代くらいのご夫婦だった。王宮内も寒かったからか、毛皮の外套《がいとう》を脱げずにいるらしい。

厳格そうな雰囲気で、庶民ソウルを胸に抱く私は膝がぶるぶると震えてしまう。

「いやー、冷えるねえ。我が国がもっとも寒いと決めつけていたが、この国もなかなかですな」

しゃべると、案外気さくそうに思えるから不思議だ。

それにしても、雪国出身なので寒さに強いと思っていたが、そんなことはないようだ。すぐさま出迎えた、王太子カイロス殿下が肉まんを勧めている。

思い返したら、カイロス殿下が国王夫妻に私の料理を絶賛したために、こうやって料理をふるまう事態になったのだ。

諸悪の根源だとばかりにジッと見つめていたら、カイロス殿下と目が合ってしまった。あろうことか、カイロス殿下は私にウィンクを飛ばしてくる。それに気づいたイクシオン殿下が私の肩を引き、一歩前に出てきて背中に隠してくれた。

イクシオン殿下が、両殿下に肉まんについて説明してくれる。

「こちらが、特別にご用意いたしました〝肉まん〟という料理です」

「肉まん、か。初めて聞くな」

「見た目からは、どんな料理かまったく想像もできない。これは、この国の料理なのか？」

「いえ、こちらは私の婚約者アステリア・ラ・アストライヤーの実家に古くから伝わる食の書物に書かれてある、古代人の料理から着想を得て作ったものです」

前世で覚えた料理がおいしいのは、私の手柄ではない。私が考えたように扱われるのはおこがましい。そのため、以前から料理について聞かれたら、実家にあった古い書物から調べたものだと答えるようにしていた。

まずは、毒味から。スノウベリー国の毒味は、やたら顔がいい護衛騎士が担当する。ごくごく普通に食べ「問題ないです」と返してくれた。なんだか物足りないと思いつつも、我が国の国王陛下の毒味係がオーバーリアクションなだけなのだろう。

肉まんを紙袋に入れ、王太子夫妻へと差し出した。

「おお、温かい。これは、そのまま食すのか？」

「がぶりと、噛みつくと？」

「はい、それが正解の食べ方です」

普段はパンをちぎり、料理はナイフとフォークで切り分けてから上品に食べる人たちなので、かぶりつくのは抵抗があるのだろう。

そう思っていたが、王太子夫妻は躊躇《ちゅうちょ》することなく、豪快に肉まんにかぶりついていた。

「なんだ、これは！　おいしすぎるぞ！」

「ええ、本当に！」

あっという間にペロリと平らげ、ふたつめを所望される。お腹が空いていたのだろうか。ふたつめもすぐに胃の中に収まっていく。三つめを食べる前に、外套を脱いでいた。ショウガが入っているので、身体が温まってきたのかもしれない。

スノウベリー国の従者や侍女にも肉まんを配る。みんな笑顔で肉まんを食べていた。

「アステリア、思っていた以上の反響だな」

「ええ、こんなに喜んでもらえるなんて」

五十個以上用意していた肉まんは、瞬く間になくなっていった。

反響は、それだけでは終わらなかった。

スノウベリー国の王太子夫妻が、肉まんを作る技術と肉まん用保温器を買い取らせてほしいと、国王夫妻に頭を下げたらしい。

スノウベリー国は寒すぎるがゆえに、温かいものを作ってもすぐに冷えてしまうようだ。肉まん工場を建設し、大々的に売り出したいと。

つまり、イクシオン殿下の魔道具が商品として初めて取引されるということだ。

肉まん用保温器の設計図はすでにあり、魔法省が管轄する魔道具工房に頼めば量産も可能だ。

私が以前、コストについて話をしたので、製作費もそこまで高くないらしい。

とりあえず、スノウベリー国は肉まん用保温器を、百個単位で注文してくれるようだ。国庫が潤う結果となり、スノウベリー国との一回目の外交は大成功となった。

それから、イクシオン殿下は忙しい日々を過ごしている。

肉まん用保温器についての事業の中心的メンバーに抜擢《ばってき》され、毎日魔法省と王宮に顔を出している。

国王夫妻は働くイクシオン殿下を見て、本当に立派に育ったと涙を浮かべているらしい。

お饅頭をふるまってから、私はなぜか国王夫妻のお茶会に呼び出されることが多くなった。ひとりでは気まずいので、嫌がるイクシオン殿下を引きずって連れて行っている。

国王夫妻はイクシオン殿下を毎回連れてくる私を、頼もしいと評価してくれた。

「アステリア嬢はイクシオンにはもったいない、できた女性だ」

「本当に。イッくんとは今まで、一年に一度か二度、会える程度だったのに。最近は頻繁にお茶ができて、とっても嬉しいわ」

「カイロスが婚約していなければ、王太子妃にしたいくらいだ」

国王陛下がそう発言した瞬間、イクシオン殿下は私を抱きしめ叫んだ。

「父上、アステリアは私が見つけた婚約者です！　兄上になんか、渡したくありません！」

イクシオン殿下の執着心は、どこからやってきたのか。謎すぎる。

「しかし、カイロスも不安なところがあってな。そこを矯正してもらったら、どんなによいか」

「陛下、ダメよ。イッくんの婚約者をカイロスにあげたら。このふたりは、協力することによって、偉業を成し遂げるタイプなんだから」

「そうだったな。しかし、カイロスとアイオーンが結婚せねば、お前たちは夫婦となれない。二年以内にどうにかするから、しばし我慢してほしい。ふたりの結婚式を、楽しみにしている」

私とイクシオン殿下の婚約が、国王夫妻公認となってしまった。

心のどこかで、いつか婚約は破談にするのだと考えていたのに。

どうしてこうなったのだと、心の中で叫んだ。（※二ケ月ぶり、四回目）

第五話　みんな大好き『皮はパリパリ、中はジューシーなからあげ』

聖獣リュカオンの守護のおかげで、スタンピート――魔物の集団暴走は収まった。

しかしこれで、めでたしめでたし、というわけではない。被害を受けた地方では、復興が始まっていた。

国中から寄付を募り、被害があった地方へ分配しているらしい。

私も父に手紙を書き、寄付をするように頼んだ。すると父は、想定の倍以上の金額を寄付してくれた。

さすが、隠れた趣味が慈善活動なだけある。感謝、感謝のひと言であった。

ほかにも復興につながることができないか、イクシオン殿下と共に考える。

何か、魔道具で支援できないか考えた結果、風呂用自動湯沸かし器がいいのではと提案する。

体を清潔に保たないと病気になるし、女性はストレスがたまるだろう。

水と火の魔石を動力とし、縁に描かれた呪文をこすったら、湯で浴槽が満たされる、という仕組みだ。

肉まん用保温器で儲《もう》けた資金で、風呂自動湯沸かし器を量産した。

ほかにも、石鹸《せっけん》やタオル、本に服など、多種多様の支援物資を送った。

イクシオン殿下と共に、王都から支援活動をしていたのだが――リュカオンが『おかしい』と呟く。

「リュカオン、何がおかしいの？」

『国中から、民草《たみぐさ》の声が我に届くのだが、ほとんどの地域は守護や支援に対する感謝の気持ちなのに、一部地域からは、嘆きの言葉しか聞こえてこなくて』

「どういう言葉なの？」

――寒い……！

――お腹空いた……！

――つらいよお……！

「支援が届いていないのかしら？」

『イクシオンに聞いてみよう』

転移魔法を使い、イクシオン殿下の私室へ飛んだ。

「どわっ‼」

イクシオン殿下は突然転移してきた私たちに驚き、机に置かれたインクをこぼしてしまった。幸い、書類はなかったようだが大惨事だ。

責任はこちらにあるので、進んで机をきれいにする。

「ごめんなさい。いつも、部屋の前に下りるように注意しているのだけれど」

『最終的にはここに入るのに、面倒だろう』

「でも、驚かせてしまうのは悪いわ」

「気にするな。次は、驚かないようにする」

いや、ビビリなのだから、無理をするなと助言したい。

「ところで、何の用事だ？」

「あの、リュカオンが気になることがあるみたい」

リュカオンはイクシオン殿下の机の上に跳び乗る。

「あっ！」

着地したところはまだ、インクを拭いていなかった。肉球にインクが付着し、歩く度に足跡が付く。

「おい、リュカオン。何をしている。私の机が足跡だらけではないか」

『我の着地した先に、インクがあっただけだ』

「私の机を汚してからに！」

『小さいことを気にしよって』

すぐに拭き取ろうと思ったが、ふと思いとどまる。

「アステリア、どうしたのだ?」

「リュカオンの足跡が、可愛かったから。このまま、残していてもいい?」

「まあ、アステリアがどうしてもというのならば」

「イクシオン殿下、ありがとう」

ピンクの肉球を黒く染めてしまったリュカオンを抱き上げ、インクを拭いてあげる。

「別に、これしきの染み、まったく気にならん」

『お前……！　我のときと態度が違うではないか！』

「小さいことは気にするな」

話が逸れてしまった。本筋に戻す。イクシオン殿下から地図を借りて、先ほど聞いた話を説明する。

「なんでも、嘆きが聞こえる地域があるというの」

「嘆き、だと?」

「ええ。もしかしたら、国からの支援が届いていないのではと思って」

「そんな訳がない。スタンピートの被害があった地域は、国から漏れなく支援品が届けられているはずだ。なぜ、嘆きが聞こえるというのか？」

「リュカオン、その嘆きが聞こえたのは、最近の話？」

『いつから嘆いていたかは、わからん。何か小さな声が聞こえているなと思って、耳を傾けたら、助けを求めるような声が耳に入ってきたのだ』

地図のどの辺から聞こえるのか尋ねてみたら、リュカオンはある地域を指さした。

『おそらく、この辺りだろう』

「ここは――」

王都から馬車で三日ほど進んだ先に広がる、農村地帯だ。

「ヘルアーム子爵家が領する村がある場所だな」

半年前、スタンピートが発生し、領主一家は王都へ避難していたらしい。その後、復興が行われていたようだが、いまだ王都に滞在し続けていると。

「では、領主以外の人が、現場で指揮を執っているってこと？」

「そうだろうな」

もしかしたら、現場で何かが起きているのかもしれない。

「イクシオン殿下の配下の兵はどれくらいいるの？」

「メルヴ百八体だな」

「メルヴ以外では？」

「ゼロだ」

「ゼロ？」

「武力は何も生み出さない。故に、私は兵を部下に持たない」

「なんかカッコイイ感じに発言しているけれど、地方に派遣できる部下がいないってことじゃない」

「言っておくが、メルヴたちはああ見えてなかなか強い」

可愛いメルヴたちがどんな感じに強いのか、想像できない。

「でも、いくら強くても、メルヴたちだけでは地方へ派遣できないでしょう？」

「まあ、そうだな」

「魔法省には、使える部下がいないの？」

「いないな。それに、魔法省は引きこもりの巣窟だ。いくら王族である私の願いでも、聞き入れないだろう。それに、自分の食事もおろそかにするほどの、痩せ細った者たちの集まりである。加えて、自分の興味がないことに、まったくの無関心だ。役には立たないだろう」

魔法省っていったい……。日本でいうコミケとかに通う「オタク」みたいなものなのか？　いや、今はそこに突っ込んでいる場合ではない。苦しんでいる人がいるならば、今すぐ助けに行かなければならないだろう。

「ひとまず、王都に滞在しているヘルアーム子爵に話を聞いたほうがいい」

「それがいいわ。呼ぶより、会いに行ったほうが早いわね」

「そ、それは……！」

イクシオン殿下は外出を嫌がった。引きこもりも、ここまできたら病気である。

「いいわ。私ひとりで行くから」

「アステリアをひとりで行かせるわけにはいかない」

「じゃあ、一緒に来てくれるの？」

「……そう、なるな」

「そうなるわね。大丈夫なの？」

「……う、うむ」

額に汗をかくイクシオン殿下を連れ、ヘルアーム子爵邸へ出発する。

ちなみに、リュカオンの転移魔法は一回足を運んだ先にしか行けないらしい。マーキングした場所限定で転移魔法が発動される『縄張り〝しすてむ〟だ！』とドヤ顔で言っていた。

そんな訳なので、馬車で向かうこととなった。

王都の街並みは、忙《せわ》しない。誰もが風を切って歩いているように見えた。社交期だから、というのもあるのだろうけれど。

「なんだか、久々に外出した気がするわ」

「何か、街に用事があったか？」

「いえ、特にないけれど」

「私は、アストライヤー領へ結婚の申し込みに行ったとき以来の外出だ」

何ケ月前の話だか。

「ちなみに、その前に出かけたのは、十年前だな」

イクシオン殿下は筋金入りの引きこもりのようだ。王城にいるだけで、生活が成り立つことがシンプルにすごい。

「十年前は、どこに出かけたの？」

「誘拐されただけだ」

「そ、そうだったの？」

近所に出かけたみたいなノリで、誘拐された旨を話し始める。

「二番目の兄上が、教会にお祈りをしにこいとか言い出して、イヤだというのに、来なきゃ魔道具の研究をしたらダメだというから、しぶしぶ教会に行こうとしたのだが――」

　宮殿から教会に向かう間に、誘拐されてしまったのだとか。

「外の世界は恐ろしいと結論づけた私は、なるべく宮殿から出ないことに決めた」

「そう……」

「可能な限り、宮殿の外には出ないだろうと思っていた。しかし、今、こうして出ることができた。別に、外はそれほど危険なものではなく、案外平和なのだなと」

「そうね」

「私を、意気地なしだと思っただろう？」

「いいえ。私もアストライヤー家のお金目当てに誘拐された経験があるから、気持ちは分かるわ」

「アステリアも、誘拐されたことがあったのか」

「十七回ほど」

「護衛は付けていなかったのか？」

「そばに人を置いておくのがイヤで、いらないとはね除けていたの」

　平和な日本で生きてきた感覚からしたら、誘拐などありえないのひと言。しかし、ひとりになったタイミングで次から次へと誘拐されてしまったのだ。

「父がぼやいていたわ。護衛に支払う給金よりも、身の代金が高いから、護衛を雇うほうが安上がりだと」

「そうか。アステリアは、外に出るのが恐ろしくなかったのか？」

「恐ろしさよりも、好奇心が勝ってしまって。外には、おもしろいものがたくさんあるから」

イクシオン殿下は窓の外に目を向ける。大道芸人の玉乗りが披露されていた。絶妙なバランス感覚で、玉の上でお手玉をしている。

「そうだな。外の世界は、おもしろい」

窓の外を続けて眺めていると、小さな子どもがイクシオン殿下に気づいた。パッと花が咲いたように笑顔に変わり、ぶんぶんと手を振っている。イクシオン殿下は軽く振り返した。

子どもがはしゃいでいたので、周囲にいた人々もイクシオン殿下の姿を見てハッとなる。皆、微笑みながら歓声をあげていた。

「私を見るだけで、国民は、笑顔になるのだな。不思議だ」

「王族とは、そういう存在なのよ」

「私は、国民を笑顔にできるようなことを、できていただろうか？」

「思い出せないのならば、今からすればいいのよ」

「そうだな」

外の世界を見るイクシオン殿下の瞳は、何かふっきれたような色彩を放っていた。


ヘルアーム子爵のタウンハウスは、貴族の住宅街の片隅にあった。

すぐに子爵とは会えたが――。

「え、領地から救援連絡ですか？　そのような話は聞いていませんが。国の支援もあって、だいぶ復興が進んでいると、連絡が来ております。報告書は、この通り」

領地の統治は、優秀な分家の家長に一任しているらしい。

「イクシオン殿下直々にいらっしゃるので、何事かと思いきや。大丈夫ですよ。安心してください」

そうは言っても、リュカオンが嘆きを聞いたというのだ。どうにも引っかかる。

「アステリア、もう、帰ろう」

「え、ええ」

情報の収穫はなく、宮殿に戻った。

リュカオンの足跡のインクが乾いた机を囲み、再び話し合う。

「ヘルアーム子爵は問題ないと言うけれど、素直に聞き入れることができないわね」

「そうだな……」

現場を確認しない限り、問題ないとは言えないだろう。

けれど、ヘルアーム子爵領に派遣できる人材がいない。

「こうなったら、私たちが行くしかないじゃない」

「ヘルアーム子爵領に、私とアステリアがか？」

「そうよ」

本来ならば、ヘルアーム子爵に調査を命じるだけで問題は解決するはずだ。しかし、領土については任せきりで、復興に足を運ばず、王都に滞在し続ける彼らに頼んでも響かないだろう。情報の隠匿だってしかねない。

「イクシオン殿下はいいわ。ここにいて。私とリュカオンだけで行くから」

「いや、アステリアとリュカオンだけで、行かせるわけには……」

「でも、外に出るのはイヤなんでしょう？」

「そうだが、今日、外出して、そこまでイヤではないと感じた。それに、アステリアが私のそばからいなくなるほうが、イヤだ。加えて、私が直接地方へ行くことによって、民も勇気づけられるだろう」

「イクシオン殿下……」

　イクシオン殿下は瞼を閉じ、膝の上にあった手で拳を作る。

　腹をくったのか、瞼を開き強い瞳と共に訴えてきた。

「共に、ヘルアーム子爵領に、行くぞ。向かうならば、一刻も早いほうがいいだろう」

　その前に、国王陛下に許可を取らなければならない。王族は勝手に動くことができないのだ。

　すぐに面会の約束をとり付けたが、私とイクシオン殿下を迎えた国王夫妻の顔は険しかった。

「先ほど報告にあった件だが、騎士隊を派遣しよう。お前が直接行くまでもない」

「しかし陛下、スタンピートの発生の被害で、国民は疲弊しています。そんな中で、私たち王族が積極的に動いて、国の隅々まで見て回るというのは、大事なことではないのですか？　幸い、私はふたりの兄のように、重要な政務についていない故、いつでも動ける状態にあります」

「しかしだな、あの地域は魔物が多く、治安も正直よくない。アステリア嬢まで同行するのは、とても許せるものではない」

王妃様も同じ思いなのだろう。目を伏せ、黙ったままでいる。

「父上、私は今まで、自分のことしか考えていませんでした。好きな時間に好きなだけ魔道具について研究して、製品化できなかったら、また別の魔道具を考えて、の繰り返しだったように思えます」

そんな中で、アイオーン殿下に「お前は王族の務めを果たしていない」と叱られたのだとか。

「その言葉を、スタンピートをどうにかすればいいだけの話だと思い、聖獣リュカオンの召喚を決意しました」

なぜイクシオン殿下はリュカオンを召喚したのか、ということに話がつながる。

「リュカオンさえ召喚したら、あとは魔道具の研究を好き勝手にできる、そう思っていたのですが――」

アイオーン殿下は、リュカオンの召喚成功について、褒めたり評価したりをいっさいしなかったのだという。

「引っかかってはいたものの、私は王族の務めを果たしたと思っていました。けれど、それは間違いでした。私はまだ、何もしていません」

王族の務めとは、国民に安寧をもたらすこと。笑顔で暮らせる国作りをすること。

イクシオン殿下は堂々と、国王夫妻の前で語る。

「しかし、スタンピートが発生した地域の者たちは、心と身体が疲弊していて、王族である私を見ても反感を抱くかもしれない。だから、アステリアの料理を食べて、元気になって、そしてまた、笑って暮らせる日々を取り戻してほしいと、私は思うのです」

イクシオン殿下の言葉に、うるっと涙ぐんでしまう。魔道具のことばかり考えていた、引きこもり王子の言葉とは思えない。

「それでも――」

国王陛下の表情は険しいまま。やはり、一度誘拐された上に、護衛部隊を持たないイクシオン殿下を心から心配しているのだろう。

「お願いします」

「では、一度この話は持ち帰って」

「今すぐ、行動に移さないと、手遅れになるかもしれないのです」

「イクシオン、こういうことは、すぐに決められないのだ」

「陛下！」

国王陛下は、首を左右に振る。なんだか、このまま却下されそうな気がしてならない。

「陛下、どうか、お願いします。私たちを、行かせてください」

「そうは言っても、調査隊の結成にも、時間がかかる」

「陛下！」

どれだけ頼んでも、今すぐ出発するのは難しいようだ。単純な話でないことはわかっていたが、ここまで話が通らないのか。

絶望していたそのとき、私たちに救いの神が現れた。

「いいじゃないか、認めておやりよ」

部屋に入ってきたのは、豪奢なドレスをまとった白髪頭のお婆ちゃん。

彼女はたしか、三ケ月前の舞踏会で付添人をしてくれた女性だ。

「あ、あなたは――！」

「久しぶりだね。この前は、大変世話になった」

コルセットをきつく締めすぎていたため、気分が悪くなっていたところを助けたのだ。

「お元気そうで、何よりだわ」

「おかげさまでね。お礼をしようとしていたんだけどね、ちょっとバタバタと忙しくて。すまなかった」

「いえいえ」

そういえば、お婆ちゃんの名前を聞いていなかった。

「私も安否を確認しようとしたんだけれど、名前がわからなくて」

「ああ、名乗っていなかったね。私は――」

「母さん‼」

国王陛下の呼びかけに、表情が凍り付く。国王陛下の母親といったら、王太后しか該当しない。

いったいなぜ、王太后様が舞踏会で私の付添人なんかしていたのか。

訳がわからず、頭を抱え込んだ。

「アステリア、お祖母様に会うのは初めてではないのだな？」

「え、うん。一回、舞踏会で会って……」

なぜ、私は王太后様を付添人と勘違いしたのか。時間を巻き戻して、もう一度人生をやり直したい。

そしたら、私は三か月前の舞踏会には行かなかっただろう。アストライヤー家の領地に求婚しにきた誰かと、さっさと結婚していたに違いない。

「あ、あの、王太后様は、あの日、エントランスで、何をされていたのですか？」

「決まっているじゃない。孫の結婚相手を見繕っていたんだよ」

「なぜ、エントランスで？」

「皆、会場内では自分を取り繕うだろう？　もっとも素の状態を見ることができるのが、エントランスだったたって訳さ。息子の結婚相手も、すべてエントランスでピンときた女性に決めたんだ」

国王陛下と結婚した王妃様も、エントランスで発見したらしい。

「あんたも、イクシオンの結婚相手にちょうどいいと思って声をかけたんだが、腰の調子がよくなくて、逃がしてしまった。でも、うまい具合に転がって、今、ここにいる。神様に感謝しなければならないね」

「は、はあ」

まさか、フラグがそんな最初から立っていたとは。王太后様、恐るべし、である。

「私たちの偶然の出会いはさておいて。先ほどの話、聞かせてもらったよ。今すぐ、行くといい」

「母さん！」

「可愛い子にはね、旅をさせなければいけないんだ。子どもの成長の機会を奪うんじゃないよ」

「しかし」

「この問題は、イクシオンに任せるんだ。いいね？」

「護衛をすぐに用意するのは——」

「私の親衛隊を貸してやるから」

なんと、王太后様の親衛隊を付けてくれるらしい。これで、心配事はなくなる。

「どうか、私とアステリアに、任せてください」

イクシオン殿下が頭を下げると、国王陛下はしぶしぶといった表情で、「わかった」と頷いた。

「このような無茶、二回目は許可できないからな」

「陛下、ありがとうございます」

「ありがとうございます」

王太后様にお礼を言い、すぐに準備に取りかかった。

メルヴの手を借りて、鞄に必要最低限の物を詰め込む。その後、一時間ほどで身支度を調えた。

メルヴたちが、野菜や肉を馬車に持ち込んでいる。

「あれ、それもしかして、ヘルアーム子爵領へ持ち込む食料？」

『ソウダヨ！』

イクシオン殿下が、ありったけの食料を持っていくように命じたらしい。

肉や魚はイクシオン殿下が作った魔道具、保冷庫の中に詰め込まれる。

ちなみに保冷庫は私の要望をもとにイクシオン殿下が作ったもので、製品化も検討されているらしい。

「と、食料はこんなものかしら？」

ほかに、保温毛布や保温布団など、新しく製作した魔道具も、支援品として一緒に運ぶようだ。

準備が終わると、すぐに出発する。六頭立ての馬車が走り出す。周囲を取り囲むのは、王太后様の護衛部隊の騎士たちだった。全員で、二十名ほどいるらしい。

布がかけられたカゴからひょっこり顔を出したのは、リュカオンだ。

『う～～、お腹空いたぞ！』

「そう言うと思って、昼食を作ってきたわ」

『やったー！』

ぴょんぴょん跳ねて喜ぶ様子は、ただの子犬にしか見えない。

お披露目の日以降、リュカオンはほとんど子犬の姿のままでいる。大きな姿は、力の消費が激しいらしい。

『何を作ってきたのだ？』

二段重ねのお弁当箱の蓋を開いて見せてあげる。

一段目に卵サンド、二段目にミートボール、卵焼き、タコさんウィンナー、からあげと、お弁当の定番ばかり詰めてきた。

『こ、こんなに、たくさん……！　こ、これが、アステリアの前世に伝わる伝説の〝たまてばこ〟なのか⁉』

「たぶん、違うと思う」

『ああ、なるほど。〝たまてばこ〟の中身は――大変なものだったのだな』

リュカオンは私の記憶から、玉手箱についての情報を抜き出したらしい。相変わらず、私の前世の記憶を検索機能として使っているようだ。

「アステリア、〝たまてばこ〟とはなんなのだ？」

ひと言で説明するのは難しい。腕を組んでいると、リュカオンが提案した。

『アステリア、我がイクシオンに頭突きして、情報を一瞬にして送り込もうか？』

「可哀想だから、止めてあげて」

軽く、浦島太郎《うらしまたろう》について語って聞かせた。

「ある年若い漁師が、いじめられていた亀を助け――」

「アステリア、〝かめ〟とはなんだ？」

『アステリア、頭突きで〝かめ〟をイクシオンに教えようか？』

「待って、説明するから。亀というのは、自分の体よりも大きな甲羅に姿を隠した生き物なの。一生甲羅を背負って、生きていくのよ」

「珍妙な生き物だな。甲羅の中身は、どのような構造になっている？」

「それは、亀のみぞ知るってやつよ」

甲羅を外した亀の体の構造なんて、知る訳がない。

「亀のことはいいから、食事にしましょう？」

「おい、アステリア。〝たまてばこ〟の説明はどうした？」

めんどくさいが、ざっくり説明してあげることにした。

「……亀を助けた浦島太郎は、海中の竜宮城に招かれるの」

「海中に城が建っているだと？　どこの職人に頼めば、そのような城が造れる？　具体的に、どういう技術を使っているのだろうか？」

「竜宮城は、魚たちがせっせと魔法の力で造ったのよ。こういう昔話はね、細かいことを気にしたら負けなのよ。続きを話すわ。亀に乗って竜宮城へ向かった浦島太郎は——」

「人が、亀に乗って海中を移動するだと？　呼吸はどうしている？」

「何か、結界みたいなのが、張ってあるのよ」

「結界を使えるのならば、なぜ〝かめ〟とやらは、いじめられているときに結界を発動させない？」

またまた、イクシオン殿下は物語の穴を的確に突いてくる。悔しく思いつつも、適当に説明しておいた。

「海の中限定で使えるのよ」

「なるほど」

「続きを、話してもいい？」

「ああ」

「竜宮城にたどり着いた浦島太郎は、美しい乙姫《おとひめ》に出迎えられ、おもてなしを受けるの。見たことがないほどのごちそうが並べられていて、浦島太郎は大感激」

「海の中で、どのようにしてごちそうを並べる？　そして、どうやって海中で食事をするというのだ？」

「それは――」

言葉が途切れた瞬間に、リュカオンのお腹がぐーっと鳴った。

「リュカオン、頭突きで浦島太郎の物語について教えてあげて」

『承知した』

私の前世の記憶を、リュカオンがイクシオン殿下に頭突きすることによって伝達する。

リュカオンは勢いよく跳び上がり、イクシオン殿下の額に頭突きした。

『えい！』

「ぐうっ！」

ゴッ‼という凄まじい音がした。イクシオン殿下は眉間に皺を寄せるばかりで、そこまで痛がらない。一方、リュカオンは『石頭めー！』とのたうち回って痛がっていた。

「こ、これが、〝うらしまたろう〟にでてくる〝たまてばこ〟か……！」

一瞬で理解いただけて、ホッとする。

「アステリア、どうして姫は開けてはならぬ宝を寄越したのだ？」

続けて、イクシオン殿下は疑問をぶつけてくる。

「なぜ、〝たまてばこ〟の中身は、老人になってしまう呪いがかかっていた？　たろうは、城で何か悪いことをしたのか？」

「していないと思うけれど」

「だったら、なんで姫はこのようなひどい仕打ちをする？」

「さ、さあ？」

幼い頃に聞いたときには、そのような疑問など思わなかった。ただ、浦島太郎という物語は、助けた亀に竜宮城へ連れて行ってもらい、もてなされ、最後に玉手箱をもらう。中身は、おじいさんの姿になってしまうものだった。としか認識していない。

「幼い子どもへ聞かせる物語というのは、かならず教訓が書かれている。この話は、善良な男が老人になるだけで、教訓も何もないのでは？」

「ちょっと待って。何か、何かあったはずだから」

今一度、浦島太郎という物語を思い出してみる。たしか、浦島太郎は乙姫から「この箱は決して開けてはなりません」という忠告を受け、受け取ったはずだ。それなのに、約束を破って、浦島太郎は玉手箱を開けてしまったのだ。

「その、だから……約束を破ったら大変なことになるのよ、というのが、浦島太郎という物語の教訓だと思う」

「納得いかんな」

「たしかに、深く考えたら、救われない終わり方よね」

浦島太郎について、今までそんなに深く考えていなかった。

『まだ、〝モモタロウ〟のほうが、わかりやすいのではないか？』

「たろうシリーズが、いくつかあるのか？」

「待って。その前に、食事にしましょう」

『む、そうだった。我は、ペコペコなり！』

なんだか疲れてしまった。ぐったりとうなだれてしまう。二度と、イクシオン殿下の前で日本のお伽話の話をしないと決意した。

まず、イクシオン殿下の分を取りわける。お皿を持ってくるのを忘れたので、お弁当箱の蓋に置いた。文句を言わずに受け取ってくれたので、ひとまずホッ。

リュカオンは、わくわくといった感じで、お弁当箱をのぞき込んでいる。

フォークにからあげを刺して食べさせてあげた。

「はい、あーん」

『あーん』

ゆらゆら揺れていた尻尾が、ぶんぶんと高速になった。

『な、なんだ、この料理は――!』

「からあげよ」

『噛んだら、肉の旨味がじゅわーと流れてきたぞ! 大変だ! 肉汁が、口の中で氾濫をおこしておる!』

しっかり下味を付け、カラッと揚げたからあげは、子ども受けがいい。

リュカオンは尻尾を高速で振りつつ、からあげを食べていた。実体は五メートルほどの巨大なオオカミであるが、イメージは子犬で固定されている。

言葉遣いに威厳はあるものの、発言内容は子どもっぽい。愛らしい聖獣様なのだ。

「アステリアよ。〝からあげ〟とやらは、本当にうまいな」

前言撤回。イクシオン殿下にも、からあげは受けがよかった。

お弁当を食べているときは和気藹々《わきあいあい》としていたが、スタンピートの被害を受けた村を通り過ぎると、イクシオン殿下の表情が一変する。

森の木々は枯れ、湖は水が尽き、大地はえぐられている。

村の家屋は倒され、焼かれ、壊滅状態だった。村の前に盛り上がっている土は、亡くなった人たちのお墓だろう。花を手向《たむ》け、祈りを捧げる村人の後ろ姿が見えた。

見えたのは、それだけではなかった。

運ばれてきた木々が積み上げられ、物資と思われる木箱が置かれていた。

村があった場所とは少し離れた位置に、新しい家が造られているようだった。

少しずつ、少しずつ、村は再生していくのだろう。

「この村は、きちんと復興が進んでいるようね」

「ああ、そうだな」

村の周囲にはテントが張られ、炊き出しが行われていた。騎士たちが慣れない料理をしているようだった。

村人たちは、ホッとした様子で配られた料理を食べていた。

「アステリア。国民たちがこのような状況なのに、貴族はよく、毎夜毎夜と暢気《のんき》に夜会を開いていたものだな。恥ずかしくなる」

「仕方がないわ。貴族が経済を回さなかったら、人々の暮らしが成り立たないのだから」

「それは、そうだが……私は、何も見えていなかったのだな」

「誰だってそうよ。すべて、見えている人なんて、いないわ」

「恥ずかしいのは貴族たちでなく、私だったのかもしれない」

それに気づいただけでも、大きな一歩だ。きっとこれから、できることが増えるはずだ。

今回の旅を経て、イクシオン殿下は大きく成長するだろう。そう、確信していた。

「アステリア、願いがある。ヘルアーム子爵領から王都に戻ったら、共に各地を慰問してくれないか？　料理を、ふるまいたい。きっと、今が一番つらいだろうから」

「もちろん、一緒についていくわ」

「ありがとう」

馬車は走る。平和になったけれど、平和ではない道を。

そして、嘆く人々がいる街を目指した。

＊＊＊

一日目は、野宿を行う。開けた場所に馬車を停める。馬を休ませ、朝になったら出発する予定だ。

護衛騎士が外にテントを張ってくれる。一晩、テントの中で過ごすことになるらしい。

外に敷物を広げ、料理の準備を始める。

「ねえ、リュカオン。何か食べたい料理がある？」

リュカオンはじっと、私を見つめる。前世の記憶の中から、食べたい料理を選んでいるのだ。

『うーん、そうだな。あ、〝らいすころっけ〟とやらを食べてみたいぞ』

「ライスコロッケか。いいわね。お腹も膨れそうだし」

『楽しみにしているぞ！』

イクシオン殿下が小型自動調理器を作ってくれたので、それを使ってライスコロッケを作る。

まず、コンソメでご飯を炊く。ご飯が炊けるのを待つ間、パンをすりおろしてパン粉を作った。

炊き上がったご飯に、刻んだパセリと粉チーズ、塩、コショウを加えて混ぜる。

清潔な布巾を濡らし、ご飯を平らに広げる。真ん中に角切りにしたチーズを置き、布を絞ってぎゅっぎゅっと丸めた。ここでよく固めていないと、揚げたときに形が崩れてしまう。

丸めたご飯に卵液を浸し、衣を付けた。自動調理器でカラッと揚げたら、ライスコロッケの完成だ。

「リュカオン、できたわよ」

『やったー！』

濃いめの味付けをしているのでそのまま食べることもできるが、今日はホワイトソースを添えてみた。

「どうぞ、召し上がれ」

『いただくぞ！』

リュカオンは鼻先でライスコロッケを転がし、ホワイトソースを絡ませる。そして、パクリとかぶりついた。

『おお、チーズが！』

ライスコロッケの中に包んでいたチーズが、糸のように伸びる。

『なんだ、これはー！　サクサク衣とご飯の中から、チーズが出てきた！』

「オムライスのとき、チーズが中に入っていたら喜んだでしょう？　だから、ライスコロッケにも入れてみたの」

『うまい！　なんという至福！　アステリア、心から感謝するぞ！』

喜んでもらえたようで、何よりである。

お月見団子のようにライスコロッケを積み重ね、リュカオンに献上する。

今宵は満月。月明かりの下で食べるに相応しい料理だろう。

『そういえば、イクシオンはどうした？』

「親衛隊と会議をしているみたい」

『ふむ。そうだったか』

一応、親衛隊の分もライスコロッケを作ってある。頃合いを見て、差し入れに行くとしよう。

イクシオン殿下を待つ間、お風呂に入らせていただく。テントに風呂自動湯沸かし器を設置し、浸からせてもらった。一日の疲れが、湯に溶けてなくなっていくようだった。

たき火を囲んでイクシオン殿下の帰りを待ちわびていたら、二時間後に戻ってきた。

「すまない、待たせたな」

「いえ、まだ、眠くなかったから」

スタンピートが発生した影響で、ヘルアーム子爵領までの整えられた道がところどころ壊されているらしい。迂回《うかい》路を考えていたら、会議が長引いてしまったようだ。

「途中で、アステリアが差し入れを持ってきてくれたから、助かった」

「いえいえ」

「〝らいすころっけ〟と言ったか。初めて食べた。うまかったぞ」

『我は十個も食べたぞ！』

リュカオンは張り合うように言った。お腹は、もっちりふくふくに膨れている。ツンツン突くと、『破裂するから止めい』と言われてしまった。

『成獣体だったら、百個くらい食べられた。しかしそれだと、アステリアが大変だからな！』

ライスコロッケは、好評を博していたらしい。反応を聞き、ホッと胸をなで下ろす。

「驚いた。こんな野外でも、あのような料理が作れるのだな」

「イクシオン殿下が作った小型自動調理器におかげよ」

「そうか」

もう、遅い。そろそろ眠らないと、明日がつらいだろう。

「あれ、そういえば、テントはひとつしかないけれど？」

「ここで、ふたりと一匹で一夜を過ごす。そのほうが、護衛の手もかからない」

「あ、そっか。そう、だよね」

　結婚前の男女が同じ空間で一夜を過ごすなど、ありえないことだ。けれど、護衛の手間を考えたら、一緒のテントで眠るしかない。リュカオンもいるし、正確にいったらふたりきりというわけでもなかった。

　腹をくくって出入り口を跨いだ。テントの中は案外広く、畳二畳分くらいだろうか。先ほど持ち込んだ風呂自動湯沸かし器は外に出され、布団と毛布、羽布団が用意されていた。

　続いて、リュカオンを抱いたイクシオン殿下が入ってくる。

「アステリア、すまない。しばしの我慢だ」

「ええ、大丈夫よ。明日は、街で一泊だし」

　横たわり、すばやく毛布と羽布団の中に潜り込んだ。灯りも消して、暗くする。

「あの、アステリア」

「何？」

「実は、だな。私は、真っ暗な部屋では、眠れない」

「冗談でしょう？」

「いや、本当なんだ」

「なんで、真っ暗闇だと眠れないの？」

「恐ろしい化け物が、攫《さら》いにくるのではと考えたら、怖くて」

「来ないわよ。来たとしても、外には護衛がいるし、心配いらないわ」

しんと静まり返る中、小さな声で「それでも怖い」と聞こえた。

「リュカオンは、どっち派なの？」

『我は、どっちでもいい派だ。明るかろうが、暗かろうが、眠れる』

「そう。暗い派ね」

「おい、アステリア。リュカオンはどちらでもいいと言っただろうが！」

「私が、暗い派にリュカオンを引き入れたのよ」

「ズルではないか！」

夜、明るくしたまま眠るのは、得策ではないだろう。私たちはここですと、主張しているようなものだから。

「敵に見つかりにくいのは、暗くして眠るほうなのよ」

「それは……まあ、そうだな」

心細いような声が聞こえたので、仕方がないと思い、イクシオン殿下に手を差し伸べる。

「どうぞ。私の手を握って眠ったら？」

「え⁉」

「誰かに触れていたら、少しは怖くなくなるでしょう？」

「そう、なのか？」

「ええ、そうよ」

私も子ども時代、怖い夢を見たとき、兄の布団に潜り込んだことがあった。誰かのぬくもりを感じる中にいたら、不思議と怖くなかったのだ。

「手、握るの？　握らないの？」

答える前に、イクシオン殿下は私の手をぎゅっと握った。

「おやすみなさい」

「……おやすみ」

一日目の夜は更けていく。


二日目、三日目と、魔物に遭遇することなく、順調に進んだ。

ヘルアーム子爵領に近づけば近づくほど、魔物の巣窟となっていたらしい。それも、昔の話である。今は、聖獣リュカオンの守護の力がある。

魔物は一匹たりとも、いなくなっていた。

さすが、リュカオンの祝福だ。親衛隊員も、あまりにも魔物がいないので、驚いているようだ。

「あなた、本物の聖獣だったのね」

『疑っておったのか』

「いや、まあ……」

普段、ごはんをもりもり食べては眠るという行動しか見ていないので、そのうちただの子犬の世話をしている気分になっていたのだろう。

『しかし、この国は、思った以上に負の力に支配されていた。守護の力も、アステリアの食事抜きには長い期間は持続できなかっただろう』

「そうだったのね」

『お主が陰なる英雄よ』

「大げさに聞こえるけれど」

『謙遜するな、英雄よ』

そんな話をするうちに、ヘルアーム子爵邸に入った。

冬野菜の収穫期であるはずなのに、目の前に広がるのは荒れた田畑である。

農村らしき場所はあったが、まったく人の気配がない。かやぶき屋根の家は、半壊か全壊。木々は折れ、森は焼けていた。

「なんだ、これは」

イクシオン殿下の言葉に、答えられる者はいない。

国からの支援物資など、届いていなかった。

否、届いていたのかもしれないが、スタンピートの被害を受けた村の復興に使われることはなかった。

「村人は、どこにいるのだ？」

リュカオンが耳を澄ます。村人たちの〝声〟を、聞いているのかもしれない。

『──む、こっちだ！』

リュカオンは走り出す。丘を下り、焼けた森を抜けた先にあった川にたどり着く。

川岸に、ボロボロの布を張ったテントがポツポツと立てられていた。

洗濯物が干され、石を積んで作った窯があり、開いた魚が風に吹かれている。明らかに、ここで生活をしているといった風景であった。

洗濯物はボロボロで、極限の暮らしをしているということが手に取って分かる。

やってきた私たちを見た人々は、すばやくテントの中に隠れてしまった。

「イクシオン殿下……！」

「あれが、ヘルアーム子爵領の村人か」

イクシオン殿下が近くにあったテントに近寄ろうとしたが、親衛隊の騎士のひとりに止められた。

「殿下はここに。話は、私が聞いてきましょう」

「わかった。あまり、刺激をしないようにな」

「承知いたしました」

騎士は剣を地面に置き、敵意がないことを主張しつつ村人のテントへ向かった。

テントから一メートルほど離れた位置から、声をかける。

「失礼いたします。我らは第三王子イクシオン殿下が親衛隊です。しばし、事情をお聞きしたく、まいりました」

返事はなく、代わりに石が飛んできた。攻撃は想定済みだったからか、騎士は涼しい顔をして石を避けた。

「我らは敵ではありません。聖獣リュカオンがあなた方の嘆きを聞き、馳せ参じたまでです」

反応はない。

もしかしたら、今までひどい目に遭ってきたから、騎士の言うことが信じられないのかもしれない。

「すまなかった」

イクシオン殿下はぽつりと呟き、一歩、一歩と前に出る。騎士が止めようとしたが、その手を振りほどく。リュカオンは『好きにさせておけ』と言って騎士たちを制した。

「嘆いている者たちに気づかず、私は、のうのうと暮らしていた。本当に、申し訳ないと、思っている」

テントへ近づくイクシオン殿下に、石が投げられた。額に当たり、血を流す。

「殿下！」

「近づくな！　村人たちが怖がるだろう」

イクシオン殿下はテントの前に跪《ひざまず》き、頭を垂れた。

「私は、そなたらを助けたい。どうか、話を聞かせてくれないか？」

そっと、テントから顔を出したのは、十歳くらいの少年だった。奥には、三人の幼い子どもたちが見える。大人は、いないようだった。

「誰か大人は？　不在なのか？」

「死んだ。魔物に、殺されてしまったんだ」

「そうか。いきなり声をかけ、驚かせてしまい、すまなかった。私たちは、そなたらを、助けに来た。もう、心配しなくてもいい。寒かっただろう。暖かい毛布と、料理を用意させよう」

イクシオン殿下がそう言った瞬間、少年は涙を流す。幼い子どもたちは、少年を心配そうにのぞき込んでいた。

今まで、幼い弟妹を少年がひとりで守っていたのだろう。

「すみません、私どもからも、詳しい話をさせてもらえませんか？」

ほかの村人たちもテントから出てきて、私たちを取り囲む。老若男女、年齢層はさまざまだ。

イクシオン殿下は深く頷いた。話を尋ねる前に、騎士や私に指示を飛ばす。

「親衛隊は支援物資の用意を。アステリアは今すぐ料理を準備してくれないか？」

騎士は短く返事をし、すぐに動き出す。

「すまない、苦労をかける」

「そのために、ここに来たんだから、気にしないで」

「ありがとう」

村人の人数は五十名ほど。給食みたいにいっきに大人数の料理を作るのは初めてだが、やるしかない。

何を作ろうか。とりあえず、温かいスープは必要だろう。あとは、元気になれる料理を作らなければ。

「ねえ、リュカオン、何がいいと思う？」

『我は、〝からあげ〟がいいと思うぞ！』

「そうね。からあげは、みんな大好きだもの。きっと、気に入ってくれるはずだわ」

騎士たちが調理器具と食材、小型自動調理器を持ってきてくれた。腕をまくり、エプロンをかけて調理を開始する。

まず、スープを用意する。大鍋に野菜とベーコンを入れ、強火でコトコト煮込む。

次に、からあげの下準備をする。塩コショウ、香辛料を揉み込み、しばらく放置して味を染みこませる。

「あの、何か、お手伝いをしましょうか？」

声をかけてくれたのは、村の女性陣だった。

「ありがとう。助かるわ。鍋のあく抜きと、野菜を刻んでもらえるかしら？」

「ええ、任せてちょうだい」

手が空いたので、次なる調理に取りかかる。

元気になる食べ物といったら、白米だ。一番は梅おにぎりだけれど、都合よく異世界に梅干しや海苔《のり》はない。それに、ここの世界の人たちの主食はパンだ。いきなり梅おにぎりなんて手渡されても、おいしく食べられないだろう。

リゾットやオムライスみたいな、ご飯に味を付けたものは好評だった。今回は、ピラフの味付けにしたものをおにぎりにしよう。

ピラフそのままのレシピだと、パラパラになって握れないので、心なしか水分は多めに。ベーコンと女性陣に刻んでもらった野菜を入れ、自動調理器で作ったコンソメを入れて炊き上げた。

炊きたてのピラフにバターをひと欠片落とし、すばやく混ぜる。私はこれに醤油をさっと垂らして食べるのが好きだけれど、残念ながら醤油はない。

絹の手袋を嵌《は》め、濡らした布に包んでおにぎりを握った。途中から、村の女性陣に任せる。

最後に、からあげを揚げる。温度調整がおいしさの決め手なので、これは誰にも任せられない。

油を張った鍋に小麦粉を落とす。しゅわしゅわと、気泡が生まれる。これくらいでいいだろう。

味付けした鶏肉をどんどん鍋に滑り込ませた。

じゅわじゅわと、揚がっていく。香ばしい匂いが、辺りに漂った。

空腹であろう子どもたちが、キラキラした瞳を向けてくる。その中に、リュカオンの姿もあったので、笑いそうになってしまった。

鶏肉をすべて揚げ、おにぎりピラフも握り終えたという。スープもおいしく煮えたようだ。

からあげを求めて行列ができている。今から、村人たちに食事をふるまう。お皿を持参してもらい、女性陣と協力して配った。

大人は子どもたちを優先させていた。今まで、満足に食事ができていなかったのだろう。一心不乱で食べる姿があちらこちらに見える。

先ほど、弟妹を守るために石を投げてきた少年の姿もあった。弟妹たちがからあげを頬張る様子を、笑顔で見ている。

反対を押し切ってやってきてよかったと、心から思った。

長い列も、そろそろ途切れそうだ。ホッとしていたら、最後尾に思いがけない存在を発見してしまう。リュカオンだ。大人の後ろに並んでいたので、姿が確認できなかったのだ。

『ふう、やっと我の番になるな』

被災地の方々を優先させ、最後に並んでいた健気な様子にきゅんとしてしまう。

順番が回ってきたら、口をパカっと開いてきたので、からあげを食べさせてやった。

『おおおお！　皮はパリパリ、中はジューシー！　やはり、〝からあげ〟とは、至高の食べ物よ！』

「お口に合ったようで、何よりだわ」

食事をしている間、新しいテントが立てられ、毛布や水、食料などが配られる。


イクシオン殿下と数名の騎士は、ヘルアーム子爵邸へ向かったようだ。

「リュカオン、イクシオン殿下は大丈夫かしら？」

『まあ、大丈夫だろう。ここにいるのは、極悪人ではない。小悪党だ』

リュカオンの言葉の通り、ヘルアーム子爵の従弟だという分家の男とその一家は拘束された。

なんでも、王都から届いた支援物資をすべて横領し、不必要な品は横流ししていたようだ。

管理を任せていたヘルアーム子爵には虚偽の報告をしていたらしい。

すぐさま、王都に伝わり、裁かれることとなった。

そして、村の復興が始まる。

「アステリア。私は、王都へ報告しに、リュカオンと共にいったん戻る。あとのことを、任せてもいいだろうか？」

危ないから一緒に戻ろうと言うのかと思っていたが、護衛騎士を全員私に付け、現場の指揮を任せてくれるらしい。

なんというか、出会った当初は王族の自覚がない甘ったれた王子様という印象だった。けれど今は、凛々しく見える。

「不安だろうが……そなたしか、頼める者はいないから」

「大丈夫よ。任せてちょうだい！」

そんなふうに答えたら、イクシオン殿下は安堵《あんど》したように微笑んだ。

イクシオン殿下はリュカオンの転移魔法で王都へ戻る。

私は王都から戻ってきたリュカオンと共にヘルアーム子爵領に残った。毎日料理を作って、村人たちをお腹いっぱいにしている。

こうして、毎日せっせと料理を作っていると、レストランで働いていたときを思い出してしまった。

みんなが、私が作った料理を食べて、幸せそうな顔をしている。

私がやりたかったのは、料理を作って食べた人を笑顔にすることなのだと、ひしひし痛感してしまった。

一ケ月後――イクシオン殿下が私とリュカオンを迎えにくる。

王都から支援団体が派遣され、村の復興もずいぶん進んだ。

食堂も、今は主力となって作る人たちができて、私がここにいる必要はなくなりつつあったのだ。

食堂の裏口から外に出て、イクシオン殿下と共に復興しかけた村を見る。

皆、生き生きとした表情で働いていた。無残に荒れ果てた土地は、再生しつつある。

もう、嘆きはどこからも聞こえてこない。

「アステリア、ご苦労だった」

「イクシオン殿下も、いろいろ大変だったでしょう？」

「そなたの苦労に比べたら、なんてことはない。心から、感謝する」

イクシオン殿下は私の腕を引き寄せ、ぎゅっと抱きしめる。

「王都に、私たちの宮殿に、帰ろう」

「ええ」

いろいろあってイクシオン殿下の婚約者になった。最初は「最悪」のひと言だったが、しだいに彼を支えたいと思うようになる。

今は、結婚してやってもいいかな、と思うようになった。

私も大人になったものだ。

「イクシオン殿下ー！　アステリア様ー！」

子どもたちを先頭に村人たちがやってきた。

「ありがとうございました！」

「イクシオン殿下万歳！」

あっという間に村人たちに取り囲まれ、万歳三唱が始まる。

イクシオン殿下は淡い微笑みを浮かべ、村人たちの声に応えていた。

「聖女、アステリア様、万歳！」

「聖女様、万歳！」

「え？」

なぜ、私が〝聖女〟なのか？

「ちょっと、意味がわからないんだけれど」

イクシオン殿下はいじわるそうな微笑みを浮かべながら答えた。

「さしずめ、村人たちを空腹から救った聖女といったところか」

頭を抱え、どうしてそうなったのだと叫ぶ。（※四ケ月ぶり、五回目）
私の嘆きは歓声にかき消され、人々に届くことはなかった。
まあ、何はともあれ、めでたしめでたしと言ってもいいだろう。

特別書き下ろし番外編

その一　第二王子アイオーンをおもてなし

優雅な昼下がり。

昼食をお腹いっぱい食べたリュカオンは、むにゃむにゃと寝言を呟きながら気持ちよさそうに眠っていた。

私は紅茶を飲みながら、イクシオン殿下の発明品のダメ出しをする。

「高齢者用の杖型護身武器？　先端から火を噴く？　全方位目がけて毒針が跳び出す？　おまけに、跨がったら空を飛べるですって？　これが、予定販売価格金貨十枚？」

いったいどこのご老人が、こんな危ない杖を買うというのか。とんちんかんな発明に、頭を抱え込んでしまう。

「〝あんたバカじゃないの〟って言葉は、可哀想なので言わずに呑み込んだ」

「アステリア、口から出ている。欠片も呑み込んでいない」

「あ、ごめん」

ぼんやりしていたからか、心の声が口から発せられてしまった。気をつけなければならない。

「それで、この高齢者の杖型護身武器は製品化を目指せると思うか？」

「こんなの、誰も欲しがらないわ。没！」

イクシオン殿下はしょんぼりと肩を落とす。気の毒になったので、ひと言付け加えておいた。

「でも、王太后様だったら、必要になるかもしれないわね」

「そうだな、お祖母様ならば、喜んで持ち歩きそうだ」

腰を悪くしているので、杖の一本や二本くらいあってもいいだろう。

「お祖母様は、親衛隊を私に譲ったからな。護身用の武器が必要だろう」

「ええ、そうね」

イクシオン殿下に貸すと宣言していた親衛隊だったが、「返さなくてもいい」と言われ、そのままイクシオン殿下の親衛隊となった。

親衛隊が付くことによって、イクシオン殿下は外出しやすくなる。遠方へ出かける許可も、すぐに下りるようになった。

あれから私とイクシオン殿下、リュカオンは、スタンピートの被害が大きい地域を回っている。私は炊き出しをして皆に料理をふるまい、イクシオン殿下は被害状況を聞いて直接国王陛下に報告する、という旅だ。

イクシオン殿下は誰もしていなかった王族の務めを果たし、表情も大人になったというか、精悍《せいかん》に変わりつつある。

そんなイクシオン殿下に、一通の手紙が届けられた。

親衛隊が持ってきた手紙の差出人を目にしたイクシオン殿下は、急に顔色が悪くなる。

ゆったりとした動きで開封し、便せんを取り出して読んだところ——叫び声をあげた。

「うわああああああ‼」

全身ガタガタと震え、眦からは涙がにじみ、目は血走り、額には珠の汗が浮かんでいる。何かに怯えるような表情で、すがるように私を見た。

「イクシオン殿下、どうかしたの?」

「——、——が」

「え?」

「アイオーン、兄上が」

「二番目のお兄さんがどうしたの?」

「今日、ここに、やってくるらしい」

「なんですって⁉」

イクシオン殿下と婚約してから半年。一度も姿を現さなかったアイオーン殿下が、私たちの様子を見に訪問するという。

「アステリア、どうすればいい？」

「どうもこうも、普通に会えばいいでしょう？　お兄さんなのだから」

「普通の兄ならば、普通に会っている。アイオーン兄上だから、こんなにも悩んでいるのだ」

リュカオンはむくりと起き上がり、ひげをピンと立てつつキリッとした顔でとんでもない提案をする。

『ならば、アステリアのおいしい料理で、イクシオンの兄をもてなせばいいだろう』

「それだ‼」

イクシオン殿下は血走った目で私を振り返り、頭を下げた。

「アステリア、頼む！　アイオーン兄上の態度を軟化させる料理を作ってくれ」

「いや、態度を軟化させる料理って何？」

『おいしい料理を食べたら、顔がほわ～～っとなるだろう？』

「ええ……」

当然、イクシオン殿下はアイオーン殿下の好きな料理を知らない。

ただ、夕食時はデザートまできっちり食べていたらしい。嫌いな物はないだろうと。

「お茶の時間だから、軽食というよりは、スイーツ系がいいわよね」

「そうだな。何かあるのか？」

「うーん」

いきなり言われても、これはどうですか？とすぐに提案できるものではない。

それに私は、パティシエールではなく、ただの下町のレストランのシェフだ。スイーツのレパートリーはそこまで多くない。

困ったときの聖獣頼り。リュカオンに決めてもらうことにした。

「リュカオン、どんなお菓子がいいと思う？」

『そうだな……黄色い、ぷるぷるとした、ソースがかかったお菓子がいいのではないか？』

「黄色いぷるぷる、ソース……もしかして、プリン⁉」

『ふむ。それは〝ぷりん〟というのだな！　うまそうだぞ』

イクシオン殿下の怖いお兄様に、プリンなんかお出しするなんて。

『クリームを絞って、果物をたくさん添えて。見た目も華やかで、おいしそうではないか』

「あ、それって、プリン・ア・ラ・モード？」

『そんなたいそうな名前が付いているのだな』

「ええ、まあ」

プリン・ア・ラ・モードは、レストランでも人気のデザートだった。きっと、アイオーン殿下も喜んでくれるだろう。

「わかったわ。任せて。世界一おいしいプリン・ア・ラ・モードを用意するから」

「アステリア……ありがとう」

半年ぶりの兄弟の面会を和ませるため、渾身のプリン・ア・ラ・モードを作ろう。

早速、台所に立つ。

メルヴに卵を頼んだら、先ほど産んだという新鮮なものを持ってきてくれた。

私が生きていた頃の日本では、カップの中から掬って食べる、滑らかな食感のトロトロプリンが流行っていた。

あんな軟弱なプリンは、プリンではない。ただのカスタードクリームである。しっかりお皿の上で自立できるプリンこそ、一人前のプリンなのだ。

そんな、オーナーの強いこだわりがあった、昔ながらのスタンダードプリンを作る。

最初に、カラメルソースの調理を開始した。鍋に砂糖と水を入れて、煮詰めるのだ。すぐに焦げてしまうので、一瞬たりとも気を抜けない。

ふんわりと、甘く香ばしい匂いが漂う。琥珀色に染まった、きれいなカラメルソースが完成した。これを、カップの底に流し込む。

続いて、鍋に牛乳、砂糖を火にかける。砂糖が溶けたら風味付けのバニラビーンズを入れ、いったん火を止めた。

卵を割ってしっかり混ぜ、粗熱が取れた鍋の中身を加えてさらに混ぜる。

これを漉したら、先ほどのカラメルソースを入れたカップに注ぐ。

あとは、イクシオン殿下が作った肉まん用保温器の蒸す機能を使って加熱するだけ。

昔ながらのぷるぷるプリンの完成だ。プリンは保冷器で冷やしておく。

食器棚から足つきのガラスの器を吟味し、人数分調理台に並べた。

あとは、飾り付ける果物をカットするだけ。盛り付けは、センスが必要になる。ただ、プリンの周囲に果物を添えるだけではダメなのだ。

果物の彩り、カットした形、全体のバランスなど、ひとつでも失敗したら台無しとなる。

私がもっとも力を入れているのは、リンゴだ。最近のプリン・ア・ラ・モードでは、薄くスライスしたリンゴを重ねて、オシャレに盛り付けてある。

一方、うちのレストランでは、昔からリンゴの皮はウサギさんの形にすると決まっているのだ。

慎重にリンゴを六等分にし、皮を耳に見立てるようナイフの刃を入れた。久しぶりのウサギさんだったが、なんとかうまくできた。

もう、面会まで時間がない。急いで盛り付けをしなければ。

ここからが、大詰めである。ガラスの器の中心にプリンの型を抜いた。

ぷるんと、プリンが揺れる。いい感じに、カラメルソースが垂れていった。

果物を添え、リンゴのウサギさんは跳んでいるように斜めに傾けて差し込む。

最後に、生クリームを絞って、サクランボをプリンの上に載せたら、プリン・ア・ラ・モードの完成だ。

完成と同時に、メルヴがテポテポと走ってきて報告する。

『アイオーン殿下ガ、キタヨ！』

『イクシオン殿下、ヒトリデ、滝ノヨウナ、汗ヲ、カイテイルヨ』

「わかったわ」

イクシオン殿下の大ピンチである。きっと、このプリン・ア・ラ・モードが救ってくれよう。ワゴンに載せ、客室へと急いだ。

まず、目に飛び込んだのは、成獣姿のリュカオンだった。たぶん、子犬の姿はたるんでいると思われるので、あらかじめ変化していたのかもしれない。

そして――異様な圧力を放つ、神官服姿の男性と目が合った。

腰まである金色の長髪は、結ばずに垂らしていたが、まったく暑苦しさはなく。長い睫《まつげ》が縁取るのは、鋭い目だった。視線がグサリと突き刺さるというのを、生まれて初めて体験した。中性的な美しい容貌を持っているこの男性こそ、イクシオン殿下の二番目の兄、アイオーン殿下なのだろう。

三兄弟を犬で現すならば、カイロス殿下はゴールデンレトリバー。イクシオン殿下はアフガン・ハウンド。そして、アイオーン殿下はさしずめボルゾイ、といったゴージャスな雰囲気だった。

「あ、アイオーン兄上、彼女が、私の婚約者の、アステリアだ」

「なぜ、お前の婚約者が、茶の用意をするのですか？」

「いや、アステリアの趣味は、料理で、その、アイオーン兄上をもてなそうと、手ずから料理を作ってくれたのだ」

イクシオン殿下は平静を装っているようだが、目が泳いでいた。その動きは、産卵で急流の川を上る鮭の如く。どうどう、落ち着きたまえと肩を叩きたい。

アイオーン殿下は腕を組んだまま、私をジッと見つめる。穴が空きそうなほどの、強い眼差しだった。

「はじめまして。アステリア・ラ・アストライヤーと、申します」

「私は聖テイレシアス教会〝枢機卿《すうききょう》〟、アイオーン・ヒュペリオン・ライストリュゴン・ユノ・ルペルクス＝ボーゲンハイ、です」

アイオーン殿下はとうてい暗記できるとは思えない長い名前を、噛まずにペラペラと口にする。

表情筋は一ミリも動いていないというのに、この迫力はなんなのか。

部屋の空気が凍り付く前に、プリン・ア・ラ・モードをテーブルに並べる。

が、勢いよく置きすぎて、アイオーン殿下のプリンが上下左右にぷるぷると激しく揺れていた。

あまりにもシュールな光景に、笑ってしまいそうになる。だが、腹筋に力を入れ、歯を食いしばって耐えた。

「これは、初めて見る食べ物、ですね」

「アストライヤー家に古くから伝わる、古代人のお菓子です」

「なるほど」

さりげなく、背後でヨダレを垂らしていたリュカオンにも、プリン・ア・ラ・モードを持って行った。雄々しい成獣姿なのに、しまりのない顔を見せている。それでいいのか、聖獣よ。威厳は、元いた世界に置き忘れてきたのかもしれない。

早く寄越せと視線で訴えるので、プリン・ア・ラ・モードを差し出す。聖獣の大きな姿では、あまり食べ応えはないと思うが。

「では、いただきましょうか」

「ど、どうぞ」

アイオーン殿下は無表情のままプリン・ア・ラ・モードの器を手に取り、プリンをスプーンで掬って食べた。

切れ長の目が、カッと見開かれる。

「ほう、これは……おもしろい、ですね」

おいしいのか、おいしくなかったのか。微妙な反応を示す。これがもし、イクシオン殿下の発言であったならば、「はっきり言わんかーい！」と突っ込んでいた。

もちろん、アイオーン殿下にそんな不敬なんぞ働けない。いや、イクシオン殿下に突っ込んでも、同じように不敬になるんだろうけれど。

以後、アイオーン殿下は無言と無表情で、プリン・ア・ラ・モードを食べ続ける。

視界の端でリュカオンがプリン・ア・ラ・モードを食べていたが、成獣体なのでひと口で食べてしまったようだ。しょんぼりしていたので、あとで追加で作ることを心の中で誓った。

「ん、なんですか、これは？」

アイオーン殿下が興味を持ったのは、ウサギさんの形にカットしたリンゴである。

「そちらは、リンゴで作ったウサギさんです」

「ウサギさん……！」

そのまま復唱したので、笑いそうになる。この人、実はおもしろい人なのではと、疑惑が生まれてきた。

リンゴのウサギさんを手に取り、シャクリといい音を鳴らしながら食べていた。

心なしか、口角が上がっているように見えるのは、気のせいだろうか。

イクシオン殿下は、プリン・ア・ラ・モードを食べるアイオーン殿下を見たまま、硬直している。しっかりしろと言いたい。

アイオーン殿下は、プリン・ア・ラ・モードをきれいに完食してくれた。

「見事な甘味でした。非常に、おいしかった」

「あ、そ、そうでしたか」

よかった。プリン・ア・ラ・モードは、アイオーン殿下のお口に合ったようだ。心から安堵する。

「今日、ここに来たのは、イクシオン」

「は、はい」

「最近、頑張っているようだから、褒めてやろうと思ったのです」

「え？」

「民を思うお前の思い、見事でした。おかげで、国もだいぶ明るくなったことでしょう」

「アイオーン、兄上……！」

「お前は、私の自慢の弟です。これからも、引き続き公務に励むように」

「ありがとう、ございます」

話はこれで終わりではなかった。アイオーン殿下は私のほうを見て、深々と頭を下げる。

「アステリア嬢、これからも、弟のことを支えてやってください。頼みます」

「あ、えっと、はあ」

まさか、私に頭を下げてまでお願いしてくるなんて。

「あの、頭を、上げてください。そんなことをする価値など、私にはこれっぽっちもないので」

「いいえ、あります。この短期間で、弟をよい方向へ導いてくれました。心から、感謝します」

アイオーン殿下はきれいに頭を下げたまま、なかなか顔を上げようとしない。

イクシオン殿下とふたりで、叫んでしまった。

「どうしてこうなった！」

アイオーン殿下の訪問は大事件だったが、兄弟の絆《きずな》は強くなったような気がする。

これから、三兄弟力を合わせて、頑張ってほしいものだ。

この国の将来は、きっと、安泰である。

その二　昆布漁にでかけます！

青い空、白い雲、どこまでも広がる広大な海！

私たちは今、船の上でバカンスを楽しんでいる。王族が持つ豪華な船に乗り、太陽の光を独り占めしていた。

数ヶ月、働きづめということで、国王夫妻から「しばらくバカンスにでも行きなさい」と言われたのだ。私とイクシオン殿下、リュカオンとメルヴたち、それから親衛隊を引き連れ、いそいそ出かけた。

バカンスといったら、トロピカルなジュースが不可欠だろう。それっぽい果物をジュースにして、皆に配った。

メルヴが、ハイビスカスみたいな花を贈ってくれた。髪に飾ってみると、よりいっそうバカンス気分が味わえた。

甲板に寝椅子を置いて、優雅に寝そべる。パラソルを広げ、小さな円卓にトロピカルジュースを置く。

私のお腹の上で寝そべるのは、幼獣と化した聖獣リュカオンだ。もちもちで丸っこい体は愛らしく、白い毛並みは驚くほど手触りがいい。なでると、至福の時間を味わえるのだ。

ただこの聖獣、見た目は可愛いが、しゃべるともれなく残念感がある。

『ふむ！　〝とろぴかるじゅーす〟、驚くほどうまいぞ！』

「そう、よかったわね」

潮風に吹かれながら、トロピカルジュースを飲む。なんて、素敵なバカンスなのか。

そう思っていたのに、ひとり違うテンションのイクシオン殿下が現れた。

「アステリア、この、〝こんぶ探査器〟で、必ず〝こんぶ〟を見つけてやるからな！」

イクシオン殿下は昆布を探すコンパクト型のレーダーを持ち、海水を被ってもいいように服の上からゴムのエプロンを巻いていた。手には網を持ち、頭にはねじり鉢巻きを巻いている。

ひとりだけ、漁師風の恰好でいたのだ。

「ごめん、イクシオン殿下、視界に入らないでくれる？」

「な、なぜ⁉」

「休日気分を味わいたいから」

「十分、休日を堪能しているだろうが」

「イクシオン殿下の恰好を見ていると、漁船に乗っている気分になってしまって」

「この船は王家が所有する大型船で、決して漁船ではないからな」

「そうなんだけれど……」

ちゅうっと、トロピカルジュースを飲み干す。

今回、イクシオン殿下が昆布漁をしたいというので、船を借りてまで海にやってきたのだ。なぜ、南国に行かず、昆布漁にきているのか。

まあ、昆布出汁について熱く語った私が悪いのだけれども。

イクシオン殿下の持つコンパクト型のレーダーが、ビービーと音を鳴らしていた。

「むむっ⁉」

「なんの音？」

「海中に、〝こんぶ〟反応があった」

「そう」

イクシオン殿下は船を泊めるように命じ、親衛隊にも指示を飛ばす。

「総員、〝自動こんぶ獲り器〟を持て！」

「はっ！」

イケメンの親衛隊員たちが、全長五メートルくらいの巨大なバズーカみたいな筒を数人がかりで運んできた。あれが、自動昆布獲り器なのだろう。

「総員、〝自動こんぶ獲り器〟を海中へ」

海水に浸けた瞬間、魔法陣が浮かび上がる。

「ねえ、イクシオン殿下。あれ、何？」

「海中から、自動で〝こんぶ〟を吸い上げる魔道具だ」

「……そう」

しばらくすると、筒から昆布が出てきた。甲板に昆布がうじゃうじゃとあげられる。

親衛隊たちは、ぬるぬるとした昆布を箱の中に入れる作業に手間取っていた。

「殿下、思っていた以上に、〝こんぶ〟は手強《てごわ》いです！」

「負けるでない！　軟弱な心が、〝こんぶ〟を掴ませないのだ！」

なんだこの、親衛隊《イケメン》の無駄使いは。完全に、ひと昔前のスポ根漫画のノリだ。王太后様が見たら、呆れるだろう。

「次なる作業に移れ！」

「ハッ！」

昆布は乾燥させなければならない。イクシオン殿下は、魔石を動力源とする昆布乾燥器を作っていたらしい。たった三秒で、昆布が乾燥する画期的な魔道具なのだとか。

五時間ほど昆布漁を行い、すぐに乾燥させ、山のように大量の昆布を作ってくれた。

「アステリア、見てくれ、これが、〝こんぶ〟だ」

「ええ、昆布ね」

よほど嬉しいのか、イクシオン殿下は昆布を抱きしめている。

「あの、アステリア。休んでいるところを申し訳ないのだが」

「昆布料理を作れってことでしょう？」

「すまない」

「いいわ。私も、久しぶりに昆布を食べたいから」

まず、昆布を水に浸けなければならない。湯だしの場合は鍋で一時間。水だしの場合は十時間ほど昆布を浸けておかなければならなかった。

しかしそんな手間も、イクシオン殿下が発明した自動調理器を使えば一瞬で終わる。

水で戻した昆布を取り出し、鍋に注ぎ入れる。そこに、鶏肉、キノコ、刻んだ昆布を入れてしばし煮込む。ごま油と塩で味を調えたら、昆布スープの完成だ。

昆布には、疲労回復効果がある。昆布漁で疲れたイクシオン殿下や親衛隊の体を癒やしてくれるだろう。

「できたわよ」

「う、うむ」

イクシオン殿下から昆布漁に出かけようと誘ってきたのに、いざ仕上がったスープを見ると顔が引きつっていた。

きっと、王家の教えにあった〝昆布食べるべからず〟の教えが体に染みついているのだろう。

「加熱したから、大丈夫よ。お腹を壊すことはないわ」

「そ、そうだな」

なかなか受け取ろうとしない。ずいっと前に差し出したそのとき、ひとりの騎士が出てくる。

「殿下、まずはわたくしめが、毒味……ではなく、味見をいたしましょう」

今、はっきり毒味って言った！　失礼な奴め。加熱したから大丈夫って言っているのに。

「頼む」

お前、毒味を頼むんかーい‼

この、へたれ王子め。昆布漁をする様子は、普通に勇ましかったのに。

親衛隊の騎士は、昆布スープを躊躇《ためら》いつつも飲んだ。

「なっ……！」

騎士は驚きの視線を、昆布スープに向けた。その後は、無言でごくごく飲んでいく。

「おい、どうだった？」

「とても、おいしいスープです。今まで口にした、どのスープよりも味わい深いです」

「五時間、何も飲まず食わずだったから、特別おいしく感じたのでは？」

イクシオン殿下の言う通り、親衛隊は五時間ぶっ続けで働いていた。

ご苦労様だと労《ねぎら》いたい。

「殿下、早く、飲んでみてください。とても、おいしいので」

「そこまで言うのならば。アステリア、私にも一杯分けてもらえないか」

「最初の一杯が、イクシオン殿下の分だったんだけれど」

「すまない、意気地なしで」

自覚があるのならば、よい。許してやる。

スープをカップに注ぎ、イクシオン殿下に手渡した。今度は躊躇わず、すぐに口をつけていた。

「――深い!! なんだ、これは。品があり、ほのかに甘みがある。海のような深い旨味は、言葉では表せないだろう。疲れた体に染み入るような、優しい味わいのスープだ。おいしい。本当に、おいしいスープだ」

イクシオン殿下はポロリと涙を流した。疲れのあまり、感情的になっているのだろう。

「アステリア、これは、世界一おいしいスープだ」

「あ、えっと、うん」

イクシオン殿下より、昆布スープは世界一認定された。

『本当に、〝こんぶ〟スープはうまいな！　何杯でも、飲める！　我も、このスープを世界一に認定するぞ！』

ついでに、リュカオンも昆布スープを気に入ってくれた。

昆布のおいしさに感動したイクシオン殿下は、立ち寄った貧しい港町で、昆布について語り倒し、昆布スープをふるまった。

昆布スープに感動した村人たちに、海で昆布漁をするように勧める。

作った昆布探査器、自動昆布獲り器と昆布乾燥器を託してしまった。

ここの港町はもともと、貝を獲って生計を立てていたようだが、スタンピートの発生と同時に、貝がほとんど獲れなくなったらしい。

イクシオン殿下は昆布の普及のため、半年は買い取るという約束を取り付けていた。

安請け合いして大丈夫なのか、心配していたが——。

一ケ月後、昆布は王都で大ブームとなっていた。入荷しても入荷しても、売り切れるという始末。

港町の漁師たちの生活は潤い、大変感謝された。

イクシオン殿下は昆布ブームの火付け役として、国王陛下から『昆布友好大使』という訳がわからない役職に任命された。

カイロス殿下とアイオーン殿下は、弟の任命式を見て、涙ぐんでいる。

……いや、弟の昆布友好大使の任命、嬉しいんかい。

もう、本当に理解不能な世界になっている。

どうしてこうなったのだと、叫ぶこととなった。（※もう、何回叫んだか計測不能）

あとがき

こんにちは、江本マシメサです。『ポンコツ令嬢に転生したら、もふもふから王子のメシウマ嫁に任命されました』をお手に取っていただき、ありがとうございました！

今回の物語は、編集様に「ポンコツ」、「もふもふ」、「ごはん」、「転生」と物語の柱となるキーワードをいただき、企画が動き始めました。

過去の作品に「もふもふ」、「ごはん」、「転生」がテーマになった作品がございましたが、まとめて一気に落とし込むのは初めてで、どのように物語の方向性を決めるか少々悩みました。

いろいろ考えた結果、ポンコツ転生令嬢と引きこもり王子、それから食いしん坊聖獣というメインキャラを決めまして、執筆開始となりました。

転生設定があると、料理と主人公の突っ込みの幅が広がり、大変助かった一面もあります。終始、楽しく書かせていただきました。

話は変わりまして。ベリーズ文庫から出版させていただいている作品は、読んでいるとほっこりする、楽しい気持ちになる、をテーマにお届けしております。生きるだけでも辛い世の中ですので、私の中にある優しさをかき集めて執筆しました。前作『〝自称〟人並み会社員でしたが、転生したら侍女になりました』も同様のテーマで執筆しましたので、お手に取っていただけたら幸いに思います。

今回、茶乃ひなの先生にすてきなイラストを描いていただきました。絵が届く度に、ニヤニヤが止まりませんでした。本当にありがとうございました！

そして、担当編集様。今回も大変お世話になりました。今後ともどうかよろしくお願いいたします。

最後に、読者様へ。物語にお付き合いいただき、ありがとうございました！

コメディ色の強い作品でしたが、お楽しみいただけたでしょうか？

ご意見、ご感想など、いただけたら嬉しく思います。

それでは、またどこかでお会いできることを信じて。

江本《えもと》マシメサ

江本マシメサ先生への
ファンレターのあて先

〒104-0031
東京都中央区京橋1-3-1
八重洲口大栄ビル7F
スターツ出版株式会社　書籍編集部　気付
江本マシメサ先生

本書へのご意見をお聞かせください

お買い上げいただき、ありがとうございます。
今後の編集の参考にさせていただきますので、
アンケートにお答えいただければ幸いです。

下記URLまたはQRコードから
アンケートページへお入りください。
https://www.berrys-cafe.jp/static/etc/bb

ベリーズ文庫

ポンコツ令嬢に転生したら、もふもふから王子のメシウマ嫁に任命されました

2019年11月10日初版第1刷発行

著　者　江本マシメサ
©Mashimesa Emoto 2019
発行人　菊地修一
デザイン　hive & co.,ltd
校　正　株式会社　文字工房燦光
編　集　丸井真理子
発行所　スターツ出版株式会社
〒104-0031
東京都中央区京橋1-3-1　八重洲口大栄ビル7F
TEL　出版マーケティンググループ　03-6202-0386
(ご注文等に関するお問い合わせ)
URL　https://starts-pub.jp/
印刷所　大日本印刷株式会社

Printed in Japan

乱丁・落丁などの不良品はお取替えいたします。
上記出版マーケティンググループまでお問い合わせください。
定価はカバーに記載されています。

ISBN 978-4-8137-0791-2　C0193

ベリーズ文庫 2019年11月発売

『俺様上司が甘すぎるケモノに豹変!?～愛の巣から抜け出せません～』　桃城《ももしろ》猫《ねこ》緒《お》・著

広告会社でデザイナーとして働くぽっちゃり巨乳の梓希は、占い好きで騙されやすいタイプ。ある日、怪しい占い師から惚れ薬を購入するも、苦手な鬼主任・周防にうっかり飲ませてしまう。するとこれまで俺様だった彼が超過保護な溺甘上司に豹変してしまい…!?

ISBN 978-4-8137-0784-4／定価：本体640円＋税

『冷徹御曹司のお気に召すまま～旦那様は本当はいつだって若奥様を甘やかしたい～』　惣領《そうりょう》莉《り》沙《さ》・著

恋愛経験ゼロの社長令嬢・彩実は、ある日ホテル御曹司の諒太とお見合いをさせられることに。あまりにも威圧的な彼の態度に縁談を断ろうと思う彩実だったが、強引に結婚が決まってしまう。どこまでも冷たく、彩実を遠ざけようとする彼だったけど、あることをきっかけに態度が豹変し、甘く激しく迫ってきて…。

ISBN 978-4-8137-0785-1／定価：本体630円＋税

『早熟夫婦～本日、極甘社長の妻となりました～』　葉月《はづき》りゅう・著

母を亡くし天涯孤独になった杏華。途方に暮れていると、昔なじみのイケメン社長・尚秋に「結婚しないか。俺がそばにいてやる」と突然プロポーズされ、新婚生活が始まる。尚秋は優しい兄のような存在から、独占欲強めな旦那様に豹変！　「お前があまりに可愛いから」と家でも会社でもたっぷり溺愛されて…！

ISBN 978-4-8137-0786-8／定価：本体640円＋税

『蜜愛婚～極上御曹司とのお見合い事情～』　白石《しらいし》さよ・著

家業を救うためホテルで働く乃梨子。ある日親からの圧でお見合いをすることになるが、現れたのは苦手な上司・鷹取で!?　男性経験ゼロの乃梨子は強がりで「結婚はビジネス」とクールに振舞うが、その言葉を逆手に取られてしまい、まさかの婚前同居がスタート!?　予想外の溺愛に、乃梨子は身も心も絆されていき…。

ISBN 978-4-8137-0787-5／定価：本体640円＋税

『イジワル御曹司と契約妻のかりそめ新婚生活』　砂原《すなはら》雑音《のいず》・著

カタブツOLの歩実は、上司に無理やり営業部のエース・郁人とお見合いさせられ"契約結婚"することに。ところが一緒に暮らしてみると、お互いに干渉しない生活が意外と快適！　会社では冷徹なのに、家でふとした拍子にみせる郁人の優しさに、歩実はドキドキが止まらなくなり…!?

ISBN 978-4-8137-0788-2／定価：本体640円＋税

タイトル、価格等は変更になることがございますのでご了承ください。

ベリーズ文庫 2019年11月発売

『冷徹皇太子の溺愛からは逃げられない』 葉崎《はざき》あかり・著

貴族令嬢・フィラーナは、港町でウォルと名乗る騎士に助けられる。後日、王太子妃候補のひとりとして王宮に上がると、そこに現れたのは…ウォル!? 「女性に興味がない王太子」と噂される彼だったが、フィラーナには何かと関心を示してくる。ある日、ささいな言い争いからウォルに唇を奪われて…!?

ISBN 978-4-8137-0789-9／定価：本体640円＋税

『皇帝の胃袋を掴んだら、寵妃に指名されました～後宮薬膳料理伝～』 佐倉伊織《さくらいおり》・著

薬膳料理で人々を癒す平凡な村人・麗華は、ある日突然後宮に呼び寄せられる。持ち前の知識で後宮でも一目置かれる存在になった麗華は皇帝に料理を振舞うことに。しかし驚くことに現れたのは、かつて村で麗華の料理で精彩を取り戻した青年・劉伶だった！ そしてその晩、麗華の寝室に劉伶が訪れて…!?

ISBN 978-4-8137-0790-5／定価：本体640円＋税

『ポンコツ令嬢に転生したら、もふもふから王子のメシウマ嫁に任命されました』 江本《えもと》マシメサ・著

前世、料理人だったが働きすぎが原因でアラサーで過労死した令嬢のアステリア。適齢期になっても色気もなく、「ポンコツ令嬢」と呼ばれていた。ところがある日、王都で出会った舌の肥えたモフモフ聖獣のごはんを作るハメに！ おまけに、引きこもりのイケメン王子の〝メシウマ嫁〟に任命されてしまい…!?

ISBN 978-4-8137-0791-2／定価：本体630円＋税

ベリーズ文庫 2019年12月発売予定

Now Printing

『あなたのことが大嫌い～許婚はエリート官僚～』 砂川雨路《すながわあめみち》・著

財務省勤めの翠と豪は、幼い頃に決められた許嫁の関係。仕事ができ、クールで俺様な豪をライバル視している翠は、本当は彼に惹かれているのに素直になれない。豪もまた、そんな翠に意地悪な態度をとってしまうが、翠の無自覚なウブさに独占欲を煽られて…。「俺のことだけ見ろよ」と甘く囁かれた翠は…⁉

ISBN 978-4-8137-0808-7／予価600円＋税

Now Printing

『ソムニウム～イジワルな起業家社長と見る、甘い甘い夢～』 ひらび久美《くみ》・著

突然、恋も仕事も失った詩穂。大学の起業コンペでライバルだった蓮斗と再会し、彼が社長を務めるIT企業に再就職する。ある日、元カレが復縁を無理やり迫ってきたところ、蓮斗が「自分は詩穂の婚約者」と爆弾発言。場を収めるための嘘かと思えば、「友達でいるのはもう限界なんだ」と甘いキスをしてきて…。

ISBN 978-4-8137-0809-4／予価600円＋税

Now Printing

『大嫌いな私の旦那様は不器用につき、』 田崎《たさき》くるみ・著

新卒で秘書として働く小毬は、幼馴染みの将生と夫婦になることに。しかし、これは恋愛の末の幸せな結婚ではなく、形だけの「政略結婚」だった。いつも小毬にイジワルばかりの将生と冷たい新婚生活が始まると思いきや、ご飯を作ってくれたり、プレゼントを用意してくれたり、驚くほど甘々で…⁉

ISBN 978-4-8137-0810-0／予価600円＋税

Now Printing

『恋待ち婚～二度目のキスに祈りを込めて』 紅《くれない》カオル・著

お人好しOLの陽奈子はマルタ島を旅行中、イケメンだけど毒舌な貴行と出会い、淡い恋心を抱くが連絡先も聞けずに帰国。そんなある日、傾いた実家の事業を救うため陽奈子が大手海運会社の社長と政略結婚させられることに。そして顔合わせ当日、現れたのはなんとあの毒舌社長・貴行だった！

ISBN 978-4-8137-0811-7／予価600円＋税

Now Printing

『【極上旦那様シリーズ】契約溺愛ウエディング～パリで出会った運命の人～』 若菜《わかな》モモ・著

パリに留学中の心春は、親に無理やり政略結婚をさせられることに。お相手の御曹司・柊吾とは以前パリで会ったことがあり、印象は最悪。断るつもりが「俺と契約結婚しないか？」と持ち掛けてきた柊吾。ぎくしゃくした結婚生活になるかと思いきや、柊吾は心春を甘く溺愛し始めて…⁉

ISBN 978-4-8137-0812-4／予価600円＋税

タイトル、価格等は変更になることがございますのでご了承ください。

ベリーズ文庫 2019年12月発売予定

『禁断婚～明治に咲く恋の花～』 佐倉《さくら》伊《い》織《おり》・著

Now Printing

子爵令嬢の八重は、暴漢から助けてもらったことをきっかけに警視庁のエリート・黒木と恋仲に。ある日、八重に格上貴族との縁談が決まり、ふたりは駆け落ちし結ばれる。しかし警察に見つかり、八重は家に連れ戻されてしまう。ところが翌月、妊娠が発覚!?　八重はひとりで産み、育てる覚悟をするけれど…。

ISBN 978-4-8137-0013-1／予価600円＋税

『破滅エンドはおことわりなので、しあわせご飯を探しに出かけてもいいですか?』 和泉《いずみ》あや・著

Now Printing

絶望的なフラれ方をして、川に落ち死亡した料理好きOLの莉亜。目が覚めるとプレイしていた乙女ゲームの悪役令嬢・アーシェリアスに転生していた!?　このままでは破滅ルートまっしぐらであることを悟ったアーシェリアスは、破滅フラグを回避するため、亡き母が話していた幻の食材を探す旅に出るが…!?

ISBN 978-4-8137-0814-8／予価600円＋税

『黒獣王の花嫁～異世界トリップの和菓子職人』 白石《しらいし》まと・著

Now Printing

和菓子職人のメグミは、突然家族ごと異世界にトリップ！　異世界で病気を患う母のために、メグミは王宮菓子職人として国王・コンラートに仕えることに。コンラートは「黒獣王」として人々を震撼させているが、実は甘いものが大好きなスイーツ男子！　メグミが作る和菓子は、彼の胃袋を鷲掴みして…!?

ISBN 978-4-8137-0815-5／予価600円＋税

電子書籍限定

恋にはいろんな色がある。

マカロン文庫 大人気発売中！

通勤中やお休み前のちょっとした時間に楽しめる電子書籍レーベル『マカロン文庫』より、毎月続々と新刊発売中！　大好きな人に溺愛されるようなハッピーな恋から、なにげない日常に幸せを感じるほのぼのした恋、届かない想いに胸が苦しくなる切ない恋まで、そのときの気分にピッタリな恋が見つかるはず。

［話題の人気作品］

強引でイジワルな上司の溺愛に絡めとられて…

『【極上求愛シリーズ】エリート上司の独占愛から逃げられない』
西ナナヲ・著　定価：本体400円＋税

「俺のものになれ。」エリート弁護士からいきなり求婚宣言!?

『【華麗なる溺愛シリーズ】クールな弁護士の甘美な求婚』
惣領莉沙・著　定価：本体400円＋税

一夜の過ちからまさかの妊娠!?御曹司の溺愛は5年の時を超えて…

『ママですが、極上御曹司に娶られました（上）（下）』
砂川雨路・著　定価：本体各400円＋税

秘密を知られた彼に、過保護に溺愛されて愛をささやかれ…!?

『独占欲強めの部長に溺愛されてます』
紅カオル・著　定価：本体400円＋税

各電子書店で販売中

電子書店パピレス　honto　amazonkindle
BookLive!　Rakuten kobo　どこでも読書

詳しくは、ベリーズカフェをチェック！

小説サイト Berry's Cafe
http://www.berrys-cafe.jp

マカロン文庫編集部のTwitterをフォローしよう
@Macaron_edit 毎月の新刊情報をつぶやきます♪